世界童话故事

书香 主编

新疆美术摄影出版社

图书在版编目(CIP)数据

世界童话故事 / 书香主编. — 乌鲁木齐:新疆美
术摄影出版社, 2011.12
ISBN 978-7-5469-1967-6

Ⅰ.①世… Ⅱ.①书… Ⅲ.①童话 – 作品集 – 世界
Ⅳ.①I18

中国版本图书馆 CIP 数据核字(2011)第 253828 号

世界童话故事

主　　编　书　香
责任编辑　祝安静
书籍设计　昆妮都孜
出　　版　新疆美术摄影出版社
地　　址　乌鲁木齐市西虹西路 36 号
邮　　编　830000
发　　行　新华书店
印　　刷　北京佳信达欣艺术印刷有限公司
开　　本　710 mm × 1 000 mm　1/16
印　　张　10
字　　数　60 千字
版　　次　2012 年 1 月第 1 版
印　　次　2012 年 1 月第 1 次印刷
书　　号　ISBN 978-7-5469-1967-6
定　　价　19.80 元

目录

坚定的锡兵

从前，有二十五个锡做的士兵。他们都是兄弟，因为都是从一根旧的锡汤匙铸出来的。他们肩上扛着毛瑟枪，眼睛直直地望着前方，穿着漂亮的军服，一半是红的，一半是蓝的，显得是那么的英姿飒爽。他们呆在一个匣子里。匣子盖一揭开，他们在这世界上所听到的第一句话是："锡兵！"这句话是一个小孩子喊出来的，他拍着双手高兴地说。今天是他的生日，这些锡兵就是他得到的一件礼物。他现在把这些锡兵摆在桌子上。

所有的锡兵都是一模一样的，只有一个稍微有点不同：他只有一条腿，因为他是最后被铸出来的，锡不够用！但是他仍然能够用一条腿坚定地站着，跟别人用两条腿站着没有两样，而且后来最引人注意的也就是他。

他们立着的那张桌子上还摆着许多其他的玩具，不过最美丽的要算一位小姐：她站在一座纸做的美丽精致的小宫殿门口。她也是用纸剪出来的，不过她穿着一件漂亮的布裙子。她肩上飘着一条小小的蓝色缎带，看起来仿佛像一条披巾。缎带的中央插着一件亮晶晶的装饰品——简直有她整个的脸庞那么大。这位小姐伸着双手——因为她是一个舞蹈艺术家。她有一条腿举得非常高，弄得那个锡兵简直望不见它。因此他就以为她也像自己一样，只有一条腿。

"她倒可以做我的妻子

呢！"他心里想，"不过她太高贵了。她住在一个宫殿里，而我却只有一个匣子，而且我们还是二十五个人挤在一起。这恐怕她住不惯。不过我倒不妨跟她认识认识。"

于是他就在桌子的一个鼻烟壶后面直直躺下来。他从这个角度可以完全看到这位漂亮的小姐——她一直是用一条腿立着的，丝毫没有失去平衡。

当黑夜到来的时候，其余的锡兵都走进匣子里去了，那一家子人也都上床去睡了。玩偶们这时活动起来：它们互相"访问"，闹起"战争"来，或是开起"舞会"来。锡兵们也在他们的匣子里面吵起来，因为他们也想出来参加，可是揭不开盖子。这时只有两个人没有离开原位：一个是锡兵，一个是那位小小的舞蹈家。她直直地用她的脚尖站着，双臂外伸。锡兵也是用一条腿稳稳地站着，他的眼睛从来也没有离开过她。

忽然钟敲了十二下，于是"砰！"一声响，那个鼻烟壶的盖子掀开了。可是那里面并没有鼻烟，却有一个小小的黑妖精——这鼻烟壶原来是一个伪装。

"锡兵，"妖精说，"把你的眼睛给我放老实一点，别癞蛤蟆想吃天鹅肉！"

可是锡兵装作没有听见。

"好吧，明天你瞧着吧！"妖精说。

第二天早晨，孩子们都起来了，他们把锡兵移到窗台上去。不知是那妖精在搞鬼呢，还是一阵阴风在作怪，窗子忽然开了。锡兵从三楼倒栽葱地跌到地上来。这一跤真是可怕万分！因为他是头朝下跌的，他倒立在他的钢盔中，刺刀插在街上的铺石缝里，那条独腿直竖朝天。

保姆和那个小孩立刻走下楼来寻找他。虽然他们几乎踩着了他的身体，可还是没有发现他。假如锡兵喊一声"我在这儿！"，他们就看得见他了。不过，他觉得自己既然穿着军服，高声大叫，是不合礼节的。

天空开始下雨了。雨点越下越密，最后简直是倾盆大雨了。雨停了以后，有两个野孩子路过这里。

"你瞧！"有一个孩子讲，"这儿有一个锡兵。咱们让他去航行一番吧！"

　　他们用一张报纸折了一条船，把锡兵放在里面。锡兵就这么沿着水沟顺流而下。这两个孩子在岸上跟着他跑，一路拍着手。因为刚才那场雨太大了，水沟里的水流是那么的急，纸船被浪花撞得摇来摇去。然而，锡兵的脸色丝毫不变，扛着他的枪，坚毅地望着前面。

　　忽然，这船流进一条很长很宽的下水道里去了。

四周是一片漆黑,正好像他又回到匣子里去了似的。

"我倒要看看,我究竟会流到一个什么地方去!"他想,"对了,对了,这一定是那个妖精搞的鬼。啊!如果那位小姐也坐在这船里就好了,哪怕再加倍的黑暗我也不在乎。"

这时一只住在下水道里的大耗子冒了出来。"喂,小子,你有通行证吗?"耗子问,"把你的通行证拿出来! 没有通行证不准通过这里。"

可是锡兵一句话也不回答,只是把自己手里的毛瑟枪握得更紧。

船继续往前急驶,耗子在后面紧紧跟着。乖乖!请看它那副张牙舞爪的样子。它对干草和木头碎片喊着:

"抓住他!抓住他!他没有留下过路钱!他没有出示通行证!"

可是激流越翻越大。在下水道尽头的地方,锡兵已经可以看到前面的阳光了。

现在他已流进了运河,没有办法停止了。船一直冲到外面去。可怜的锡兵只有尽可能地把他的身体直直地挺起来。船在水中左摇右晃,接着水漫过船身,实在没办法阻止它沉入水中。直立着的锡兵全身浸在水里,只有头伸出水面。船在深深地下沉,纸也慢慢地松开了。水现在已经淹到锡兵的头上了……他不禁想起了那个美丽的、娇小的舞蹈家，他永远也不会再见到她了。这时他耳朵里响起了这样的话：

冲啊，冲啊，勇敢的战士，

没什么能阻挡前进的道路！

纸船完全破烂了，锡兵沉到水里，很快就被一条大鱼吞下了肚子。

天啊，鱼的肚子里是那么黑啊！比下水道里黑得多，也窄得多，但是锡兵继续保持坚定，扛着枪平躺在那里。

鱼在水中拼命地横冲直撞，但最后完全静止下来。过了一会儿，锡兵身上好像掠过一道闪电，接着阳光照下来了，一个声音叫起来："哎呀，这里面怎么会有一个锡兵？"原来那条鱼被捉住了，送到市场上卖给了一个女厨子，她把它拿进厨房，用一把大菜刀把它剖开。她把锡兵夹起来，用食指和大拇指就这样夹住他的腰送到房间里。

她把他放在桌子上，世界真是太神奇了！他竟又回到了原来的那个房间，他就是从这个房间的窗口跌到外面去的。孩子们是原来的孩子们，桌子上是原来的玩具、原来的那座美丽的宫殿，娇美的小舞蹈家就站在它的门前。她仍旧用一条腿平衡着身体，另一条腿举起，因此她和他自己一样坚定。看到她，锡兵感动得几乎要流下眼泪来，但是他忍住了，他只是沉默地看着她。

忽然，一个小男孩拿起锡兵就把他扔进了火炉。他没有丝毫原因就这样做，这一定是鼻烟盒里那个黑妖精捣的鬼。

锡兵站在火炉里，炙热的火焰燎到他，热得厉害，但是他已经分不清这是由于真实的火还是由于爱情的火。锡兵看着那位小姐，那位小姐看着他。他感到自己在熔化了，但是他仍然扛着枪，保持着坚定。

忽然房门打开，一阵风吹过，那美丽的小舞蹈家被吹起来，她像个仙女一样飘然飞舞，正好飞到火炉里锡兵的身边，马上着火，烧没了。锡兵也熔化成一块锡。

第二天早晨当保姆来倒炉灰的时候，她发现炉灰里有一颗小小的锡的心。至于那位小舞蹈家，那就什么也没有剩下，或许，天堂中她正在坚定的锡兵面前翩翩起舞。

丑小鸭

　　在一个美丽的夏天，绿色的牧场上有一群鸭子摆开可爱的鸭脚在散步。这会儿有一只鸭妈妈却正坐在它的窝里，耐心地等待着它的小鸭子们跳出鸭蛋壳。

　　这时，小鸭子们好像明白了妈妈的心思，开始一个接一个"噼啪！噼啪！"地从鸭蛋壳里钻出来。鸭妈妈高兴地"嘎！嘎！嘎！"喊起来。

　　鸭妈妈拍拍翅膀，站起来，数一数小鸭子。咦，怎么还有一个没有生出来呢？这是一个最大的蛋。鸭妈妈只好重新卧下来。它想这只蛋比其他的蛋要大一些，可能晚几天才出来吧。

　　一只老母鸭走了过来，她看了看说："嗨！这是一只火鸡蛋，它可麻烦了。别理它，让它躺着去吧。"

　　鸭妈妈说："我再坐一会儿吧，多坐一会儿没关系。小家伙出不来也挺着急的。"

　　"那就请便吧。"老母鸭见鸭妈妈没听从自己的意见，有些生气地说道。说罢，就走开了。最后这只大蛋终于"噼啪"裂开了。从蛋壳中钻出的小家伙又大又

丑，鸭妈妈把它瞧了又瞧，说："它长得和别的小家伙怎么不一样。我现在就让它和其他的小鸭子一起下水游泳，看看它到底是不是一只小火鸡。"

鸭妈妈先跳进水里，小鸭子们也一个跟着一个跳进水里，丑小鸭也跳进水里了，两只小腿挺灵活地摆来摆去。它们是天生的游泳行家。

鸭妈妈说："唔，看来它不是一只小火鸡，它是我亲生的孩子！仔细看一看，它长得还算漂亮呢。"

但是别的小鸭子却不高兴。它们总是嘲笑它，啄打它。它处处小心，时时留意，总是谦让着那些不喜

欢它的兄妹们。

　　到后来,它的兄妹们更加厉害啦。一些小鸡也来嘲笑它,耍威风。就连喂小鸡的那个歪嘴女人也用脚踢它。鸭妈妈也没法子,说:"唉,孩子,我看你还是走远一点吧!"

　　于是,它飞过墙角,急匆匆地逃走了。它心想,这

都是因为我太丑啦，我要一直跑到没有人看见我的地方去。

　　第二天，当它睁开眼睛的时候，发现一群野鸭围在它身旁。野鸭警告它说："你太丑了，希望你不要再到这里来。"丑小鸭正准备离开这儿，忽然一条大猎狗扑到它身边。大猎狗吐着长长的红舌头，真吓人啊。丑小鸭心想，这下完了，要让这条大猎狗吃了。不料，大猎狗只是用它的粗鼻子"哼哼"了两声，就转身

跑开了。

丑小鸭叹口气说："唉，我真的太丑了，丑得连大猎狗也不想咬我了！"

天黑的时候，丑小鸭慌慌张张地从一个农家小屋的门缝里钻了进去。这家主人已经上床睡觉了。丑小

鸭放心地闭上眼睛，美美地睡起觉来，它实在太累了。

第二天一早，小猫就发现了丑小鸭，接着母鸡也看见了它。小猫发出奇怪的"咪咪"叫声，母鸡也跟着"咯咯咯"地喊，好像现在发生了什么重大的事情。主人是一位老婆婆，她揉揉老花眼睛，看清楚是一只丑小鸭来到了她家里。

老婆婆决定把丑小鸭留下来，以便观察它究竟能不能生蛋。

就这样，丑小鸭在这里住下了，可是它什么蛋也没有生下来。在老婆婆家中，有一只小猫和一只母鸡，它们自认为也是家里的主人，就找茬赶丑小鸭走。小猫认为自己是这家的宝贝，因为它可以坐在老婆婆的怀里去。所以小猫就拱起背来，傲慢地对丑小鸭说："喂，你能拱起脊背吗？"

丑小鸭说："我不会。"

母鸡听了丑小鸭的话，于是它问丑小鸭说："你会生蛋吗？"

小鸭沮丧地说："我也不会。"

母鸡得意了，接着说："你不会拱脊背，又不会生蛋，那么你什么用处也没有，以后你再别说话了，你没有资格说话！"

丑小鸭听了母鸡的话很难过。

丑小鸭说："我想，我还是到外面的世界去看看。"

母鸡说："天呐！那太好了，你快走吧！"

于是，丑小鸭就离开了这里，向更远的地方走去。

秋天来了。一天，一群美丽的大鸟排成队从丑小鸭呆的湖面上空飞过，准备飞到温暖的地方去。

丑小鸭从来都没见过这么美丽的大鸟，它们的脖颈又长又软，全身雪一样白亮，发出一种奇怪的响亮的声音。丑小鸭太高兴了，它拍打着自己的翅膀，它也模仿那些天鹅的声音，发出奇怪的鸣叫，连它自己也感到害怕。于是它赶紧把头钻进水里。当它浮上水面时，那些美丽的天鹅已经看不见了。

冬天，丑小鸭的日子就更难过了。最后丑小鸭再也游不动了，它和冰块紧紧连在一起，它冻得昏了过去。

有一个农民路过这里，发现了丑小鸭，把它抱回家里。丑小鸭睡在这家人的草窝里，不久，它就苏醒了。这时，几个小孩发现了它，想跟它玩。丑小鸭吓坏了，惊慌地跳起来，一下跳到了这家人的饭盆里，女主人拿起了一把火钳赶来打它，它急忙从开着的大门里

逃了出去。这样，它又掉进外面新下的厚厚的雪堆里，冻得它差一点又要昏过去。

春天来了，丑小鸭拍拍翅膀，它忽然觉得自己的翅膀比以前更有力量。于是它很轻松地飞向蓝天，向远处飞去。

它飞到一座很大的花园里，这里有一条弯弯曲曲的小河。三只美丽的天鹅正从树阴下向它游来。它认出了天鹅，心里又激动又难过。它在心里一直说："没有关系，我就是让这些美丽高贵的鸟儿杀死，也比受过的那些苦要好受得多了！"

于是，它向这些美丽的天鹅飞去。它落在水面上说："请你们杀死我吧！"它低下头等死。忽然，它从清澈的河水中看见了自己的倒影，发现自己竟然是一只真正的天鹅！

这时，它周围游来许多天鹅，它们用嘴亲它，好像在对它说："你终究会成为一只美丽的天鹅！"丑小鸭激动的扇动地翅膀，它在心里说："当我还是一只丑小鸭的时候，我做梦也没有想过，我会有这么多的欢乐和幸福。"

睡 美 人

很久很久以前，有一个国王和他的王后，他们一直没有孩子，为此非常伤心难过，每天都哀声叹气地说："唉，我们要是有一个孩子就好了！"

有一次，王后正在河边散步时，一只青蛙从水里爬到陆地上来，向她说："王后，你的愿望不久之后就会成为现实了。不到一年，你就会生一个女儿。"过了一段时间，青蛙的预言竟然真的实现了，王后生了一个女孩，非常漂亮，国王喜欢得不知怎样才好，就决定举行一个盛大的宴会。他不但请了他的亲戚、朋友和认识的人，而且邀来了几乎所有的女预言家，想让她们为她的宝贝女儿送上美好的祝福。他的王国有十三个女预言家，但是因为招待她们进餐的金盘子只有十二个，所以国王只邀请了十二个女预言家，剩下一个没有邀请。

非常豪华的宴会在王宫中举行了。

在盛大的宴会快要结束的时候，女预言家们把她们那不可思议的礼物送给了可爱的小公主。第一个送给她道德，第二个送给她美丽，第三个送给她财富，其他的送了世界上大家所希望的东西。当第十一个说完她的祝词，第十三个女预言家忽然闯进来。因为国王没有邀请她，她非常愤怒，发誓要对此进行报复，送上恶毒的诅咒。她也不向人打招呼，也不看人，只是大声叫道："公主在十五岁的时候，会被一个纺锤弄伤，然后倒下死掉。"

这个预言家再不说一句话，转身就离开大厅。所有的人都大惊失色。这时，第十二个女预家走出来，她的祝词还没有说，因为她不能取消那凶恶的咒语，只能把它加以缓和。她说："但是公主倒下去不是死去，只是熟睡一百年。"

国王为了预防他心爱的女儿发生那种不幸，就公布了一道命令，把全国所有的纺锤都收上来烧掉。随着时间的流逝，小公主一天天地长大了，各女预言家的礼物都在女孩子身上实现了，因为她非常美丽、贤惠、和气、聪明，看见她的人都不得不爱她。

恰巧在她满十五岁的那一天，国王和王后不在

家，公主单独一个人被留在宫里。她无事可做，就在宫中到处走动，想看看各种房间，最后，她来到一座古老的钟楼旁边。她走上狭窄的螺旋梯，来到一个小门前面。门上插着一把生锈的钥匙，她把它一转动，门"吱呀"就开了。小房间里坐着一个老婆婆，拿着纺锤，起劲地纺她的线。

"早安，老妈妈，你在做什么事情？"公主问候道。

老婆婆点点头，说："我在纺线。"

"这是什么东西，转得这样有趣？"说完，公主拿着纺锤要纺。她刚一挨着纺锤，咒语便实现了，纺锤戳了她的指头。她马上倒在那里的床上睡着了。这种睡眠传染到整个王宫。

国王和王后回来，刚走到大厅里，就睡着了，宫中所有的东西都睡着了。马栏里面的马、院子里面的狗、屋顶上的鸽子、墙上的苍蝇，甚至灶里燃着的火，都静静地睡着了；正在炸的肉也不响了；厨房里一个孩子做错了事，厨师正要抓他的头发，却也放了手去睡觉了。风息了，王宫前面树上的叶子也一动不动。

王宫周围长起一道玫瑰篱笆，长得一年比一年高，最后把整个王宫包围着，并且朝外生长，弄得从外面看，篱笆里面什么都看不见，连屋顶上的旗子也看不见。于是在这个王国里，就流行着一个传说，讲那有一位漂亮的、正在睡觉的玫瑰公主——这是人们对公主的称呼。打那以后，时常有王子来，想通过篱笆到王宫里面去。但是他们都进不去。因为玫瑰好像有手，紧紧缠结在一起，不让他们通过。

许多年过去了，又有一个王子来到这个王国，听见一位老人讲玫瑰篱笆的事，说篱笆里面是一座王宫，宫里有一位非常漂亮的公主，叫做玫瑰公主，她已经睡了一百年，国王和王后以及宫中所有的人都同她一样睡着了。老人还听他的祖父说，已经有许多王子来过，想要通过篱笆穿进去，但都被篱笆挡着，不能前进。

王子说："我不怕，我要去看漂亮的玫瑰公主。"

好心的老人无论怎样劝他不要去，他都听不进他的话。

这时候，刚好一百年过去了，玫瑰公主到了再苏醒的日子。

王子走近玫瑰篱笆。那里尽是很大很好看的花，那些花自己分开，让他过去，不伤害他。他走过之后，它们又合成一个篱笆。他在王宫院子里面，看见马和花白猎狗躺着睡觉，屋顶上蹲着鸽子，脑袋都藏在翅膀下面。他走进屋里，苍蝇在墙上睡觉；厨房的厨师还伸着手，好像要抓那个做错事的孩子；保姆坐在一只黑母鸡面前，在拔它的毛。他朝前走，看见王宫所有的人都在大厅里睡觉，宝座上躺着国王和王后。他又朝前走，一切都非常平静，可以听到自己呼吸的声音。最后，他来到钟楼跟前，打开玫瑰公主睡在里面的小房间的门。

玫瑰公主静静地躺在那里，她是那么的美丽动人，王子的心一下子就被公主吸引住了。王子看得眼睛眨都不舍得眨一下，看着看着，他弯下腰去，情不自禁地给她一个吻。

他一吻她，玫瑰公主就张开眼睛苏醒了，她非常柔情地看着他。王子抱着她一起走出了钟楼。这时候，国王醒了，王后和王宫中所有的人都睁着大眼睛互相看望。院子里的马站起来，摇摆身体；猎狗跳起来，摇着尾巴；屋顶上的鸽子把头从翅膀下面伸出来，向周围张望，飞到野外去了；墙上的苍蝇继续爬动；厨房的火燃起来，闪闪发光，煮着食物；红烧肉又开始炸响；厨师打了孩子一个耳光，孩子叫喊起来；保姆拔完了鸡毛。

国王和王后给王子和玫瑰公主举行盛大的结婚典礼。王宫的人都来祝贺他们，婚礼非常热闹。以后王子和玫瑰公主快快活活生活到百年。

皇帝的新装

　　很久很久以前，有一个皇帝，他非常非常爱漂亮。他把所有的钱都花在了买新衣服上，他的衣服多得数也数不清，平均每个小时他就要换一套衣服。所以人们提到他时总是说："哦，皇上在更衣室里。"至于国家呀、军队呀、人民呀，他才懒得管哩，他甚至连看戏、逛公园这类事情也不感兴趣，买新衣服、穿新衣服，便是他唯一的嗜好。

这一天，两个外国骗子来到了皇帝居住的城市。他们到处吹嘘自己是世界上最好的裁缝，能织出天底下最美丽的布匹来，这种布匹不光有绚丽的色彩和图案，而且用它做成衣服穿在身上，只有称职的人或者聪明的人才能看得见。

"哦，这正合我的心意！"皇帝高兴地想，"假如我穿上了这样的衣服，不就能轻而易举地辨认出在我的王国里，谁是不称职的，谁是愚蠢的了吗？是的，我要叫他们马上织出这种衣服来！"于是，他立马召来那两个骗子，给了他们好多钱和金丝线，命令他们马上开始工作。

两个骗子真的在房间里架起了两部织机，只是那织机上什么东西也没有。他们手忙脚乱地做着织布的动作，装出十分卖力的样子，一直干到深夜。

皇帝很想知道布织得怎么样了，但是，一想起凡是不称职的或是愚蠢的人就看不见这种布，他心里感到有些不踏实。他相信自己是能看见那布的，但最后他还是觉得先派一个人代他去更好，因此他就选中了他心目中最称职最聪明的老大臣。

老大臣来到织布房里，看见两个骗子正在空空的

织机上忙碌着，眼睛顿时瞪得有碗口大。

"上帝啊，这是怎么回事？我什么东西也没看见呀！"
他心里感到很奇怪，但是却不敢说出来。"难道我是
一个又不称职又愚蠢的人？"老大臣很不情愿承认这
一点，于是，当两个骗子装模作样地问他布织得漂亮
不漂亮时，他连连称赞道："啊，真是漂亮极了！我马

上就去秉报皇上。"他真的就这样做了，两个骗子也因此理由十足地要了更多的金丝线和钱。

过了几天，皇帝又派了另一位忠诚的臣子去查看。这臣子当然也同那位老大臣一样什么也没看见。不过，他照样将那匹根本不存在的布好好夸耀了一番，然后回去对皇上说："啊，那布真是太美了！"

皇帝再也忍不住了，他决定亲自去看一看。他的随从人员全是他认为能干、称职的人，那两位大臣当然也在其中。

当这一行人到达织布房时，两个骗子正忙得不亦乐乎。

皇帝盯着织机看了又看，却没有发现任何东西，心里不禁慌乱起来："这是怎么了？难道我是一个愚蠢的人？难道我不配做皇帝？这真是太可怕啦！"但

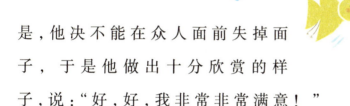

是，他决不能在众人面前失掉面子，于是他做出十分欣赏的样子，说："好，好，我非常非常满意！"

随从们见皇上夸奖他们根本看不见的东西，也随声附和："真精致！真好看！真鲜艳！"他们还建议皇帝用这种新奇的布料做成新衣，穿着它去参加即将举行的游行大典。

于是两个骗子又连夜赶制新衣，他们点起十六根蜡烛，用剪刀、尺子和针在空中乱舞一通，最后得意洋洋地捧着那看不见的新衣说："看啊！皇帝的新装多么华贵！"

第二天早上，游行大典就要举行了。皇帝按骗子的吩咐，脱光了身上原来的衣服，换上了新装。他在一面大镜子跟前扭动着腰肢，显得比任何时候都兴高采烈。然后，他在随从们的簇拥下，走出了王宫，走上了大街。

大街上早已挤满了看热闹的人，他们叽叽喳喳地评论着皇帝的新衣如何美丽、如何得体，因为谁都不愿意暴露出自己的不称职或愚蠢来。

"可是他什么也没有穿呀！"一个天真的孩子终于叫出了声。

立刻，这诚实的童语就在人群中传播开来。尽管皇帝也感到这话好像是对的，但他仍然挺着光身子，神气十足地在老百姓面前走过，而他的大臣们呢，跟在他后面走，手中托着并不存在的后裙。

笨汉汉斯

从前，有一位美丽的公主，她要找一个她认为最能表现自己的人做丈夫。这消息传到了乡下，传到了一位年老乡绅的住宅里，于是他的两个聪明儿子就说他们要去向公主求婚。

他俩准备了整整一个星期，一个把整本拉丁文字典和三年的报纸背得烂熟，另一个则精通了市府议员所应知道的全部东西。

"我一定能娶到公主！"他们两人都对自己充满了信心。

这样，老乡绅就给了他们每人一匹骏马，哥哥得到一匹漆黑色的，弟弟得到一匹乳白色的。然后他们又在自己的嘴上抹了一点鱼肝油，以便与公主对话时能够更圆滑些。所有的仆人们都站在院里，恭祝这两位少爷成功娶到公主。

这时，老乡绅的第三个儿子回来了。他是他们的小弟弟，但是他们从来没有承认过他，因为他不像他们两个那样有学问，他被人叫做"笨汉汉斯。"

汉斯好奇地问："你们打扮得这么漂亮，要到哪里去呀？"

"到王宫，向公主求婚去！"他们摆出一副很了不起的样子。

"那么，我也应该去！"笨汉汉斯说。两个哥哥放肆地大笑起来，然后就骑着马走了。

汉斯跑去找父亲，非常坚决地说："爸爸，我也要一匹马，我也要到王宫去求婚，不管怎样，我都一定要娶到公主！"

"胡说！"父亲训斥道，"你连话都讲不好，还求什么婚！死了这条心吧，我什么马也不会给你的！"

"那么，就给我那只公山羊好了，它本来就是我的，它驮得起我。"笨汉汉斯哀求道。

因此他就骑上了公山羊，用两腿紧紧夹住它的身体，在公路上跑起来，一边跑一边还唱起歌来。

他的两个哥哥这时正斯斯文文地坐在马背上，琢磨着那些美丽的词藻。笨汉汉斯赶了上来，大喊一声："我来啦！"他的手里拎着一只刚在路上捡到的死乌鸦。

"你这个笨蛋！你带着它做什么？"他们问。

"我要把它送给公主。"汉斯的回答，令两个哥哥笑弯了腰。

不一会儿，笨汉汉斯在路上发现了一只旧木鞋，又当宝贝似的捡起来。两个哥哥讥讽道："你打算把这也送给公主吗？"汉斯一点也不否认。两个哥哥笑疼了肚子。

后来，笨汉汉斯又装了满满一袋子泥土带在身上。他说："公主看见了，一定会很高兴的！"两个哥哥实在懒得再跟他逗乐，就驱马跑远了。

他们比汉斯足足早到了一个钟头。求婚的队伍排得真长啊，城里的居民也都涌到王宫门前来看热闹。求婚者一个一个地进去，又一个一个地出来，因为他们一走进公主的房间，就变得张口结舌起来。

　　轮到汉斯的大哥了。但是很不幸，他在排队的时候就把背得烂熟的字典全忘了。走进房间以后，他发现那里升着个大火炉，火把烟囱管子都烧红了，就忍不住说了一句："这儿真热呀！"

　　"是很热，因为我们今天打算烤几只鸡。"公主说。

　　他从没料到会碰到这类话题，窘得一句话也说不出来。于是公主叫他立即"滚开"。

　　接着，汉斯的二哥走了进来，他也说着同样的话："这儿真是太热啦！"

　　公主说："是的，我们今天要烤几只鸡。"

　　"什么……什么？"他的舌头仿佛打起了结。公主二话没说，也叫他"滚开"。

　　现在，笨汉汉斯骑着他的公山羊进来了。

　　"这儿真是热得很啊！"他说。

　　"不错，因为我正在烤只鸡呀。"公主说。

　　"我能不能也来烤一只乌鸦呢？"他问。

　　"欢迎，欢迎。"公主说，"不过你用什么东西烤呢？我这里没有锅呀。"

　　"我有。"汉斯取出那只旧木鞋，把死乌鸦放了进去。

　　"可是，我们到哪里去弄酱油呢？"公主问。

"我衣袋里多的是，你要点吗？"汉斯又从袋子里倒出了一些泥土。

　　公主觉得很有趣，他高兴地对汉斯说："你真会讲话，你就是我要找的丈夫！"

　　就这样，笨汉汉斯成了一个国王，娶到了美丽的公主，高高地坐在王位上面。

拇 指 姑 娘

　　很久很久以前,有一位老妇人孤孤单单地一个人生活。每当夜深人静的时候,她常常望着天上的月亮,用心声述说着一个美好的愿望:愿上天赐给她一个孩子,哪怕像拇指那么大的孩子也好。

　　一天夜里,老妇人做了一个梦,梦里遇见一位女巫,她请求女巫指点她,怎样才能得到一个孩子。女巫被她的真诚感动了,对她说:

　　"好吧,只要你按我说的去做,你就会得到一个孩

子。现在，你把这颗大麦的种子拿去，把它种在花盆里，你就会得到你要的东西。不过，你要特别细心地对待这粒种子，它绝非一般的大麦。"

老妇人千恩万谢地接过大麦种子。这时，她醒了，手里果真捧着一颗大麦粒。

老妇人一点儿也不敢疏忽，像捧宝贝一样捧着这颗麦粒，然后，找出花盆，小心翼翼地把麦粒埋进了土里。

不久，花盆里长出一棵郁金香来。一朵娇艳的红色花朵含苞欲放。老妇人喜出望外，她站在花盆边上，看呀看呀，总也看不够。

一天，老妇人又站在花盆前欣赏这朵美丽的花蕾，她忍不住弯下腰去，亲吻那娇嫩的花瓣。突然，花瓣张开了，花的中央，在绿色的花蕊上端端正正坐着一个小人儿。

老妇人睁大了惊喜的眼睛，仔细地看着这个花蕊里的小人儿，这是个娇小得像拇指一样大的一个小女孩。白白嫩嫩的脸蛋，两只眼睛笑眯眯地看着老妇人。老妇人高兴地流下了眼泪，她小心地把小女孩放在自己的手心里，口里念叨着：

"感谢上帝，给了我这么漂亮的女孩！"

老妇人把这个小女孩视为珍宝一样，还叫她"拇指姑娘"。

老妇人给拇指姑娘做了一个漂亮的摇篮，那摇篮其实是半个磨得发亮的胡桃壳。摇篮里有紫罗兰花瓣做的垫子和玫瑰花瓣做的被子。夜里，拇指姑娘就睡在这个充满浓郁花香的舒适的摇篮里。

白天，老妇人就把她放在桌子上，桌面对于拇指姑娘已经是不小的活动空间了。为了不使拇指姑娘寂寞，老妇人在桌子上放上一个水盆，盆里摆上花草，看上去像个花草繁茂的池塘。老妇人把郁金香的花瓣放在水面上做船，拇指姑娘坐在上边，用手摆动着划水，自在极了。拇指姑娘觉得自己就像在湖面上荡舟一样，还高兴地唱着歌。

一天夜里，拇指姑娘已经睡着了，因为窗子没有关严，一个丑陋的癞蛤蟆从窗缝里挤了进来。这只癞蛤蟆蹦来蹦去，最后跳到桌面上。她一眼发现了睡在胡桃壳里的拇指姑娘。

它左端详、右端详，忽然脑子里闪出一个念头："让这漂亮姑娘做我的儿媳妇倒是件不错的事。"

癞蛤蟆想到这里，上前搬起胡桃壳摇篮，把它背在背上悄悄溜出窗子，回到花园里去了。

　　癞蛤蟆的家就住在花园的一条小溪边上。癞蛤蟆的家里只有母子两个。儿子和母亲一样奇丑无比，整天只会"呱呱呱"地叫。

　　癞蛤蟆把胡桃壳摇篮轻轻放下来，小癞蛤蟆蹦过来一看：这么漂亮的小姑娘！它忍不住叫了起来。母亲急忙阻止它：

　　"别吵！吵醒了她，说不定她会立刻逃走的。现在，我们趁她睡着，把她放在溪水里的一片落叶上，那片落叶对她来说就是一座孤岛，她无论如何都跑不了的。"

　　小癞蛤蟆急忙问：

　　"那以后呢，难道总让她住在那片落叶上吗？"

　　癞蛤蟆说：

　　"傻儿子，等咱们把泥巴房子修好，就让她和你成亲过日子了。"

小癞蛤蟆乐坏了，差一点儿又叫起来。

溪水里有许多落叶，癞蛤蟆选了一个最大的叶子，把拇指姑娘连同胡桃壳摇篮一块儿放在了上面。

天亮的时候，拇指姑娘醒了，她睁开眼睛发现周围变了样。她急忙爬起来，这才发现周围全是水，不知该怎么办，急得哭了起来。可是，没有人听见她的哭声，她哭得累了，就昏昏沉沉地趴在胡桃壳摇篮里。

老癞蛤蟆现在正忙着呢，它坐在潮湿的泥地上，用灯芯草和睡莲精心地布置着儿子的新房。它虽然很累，心里却高兴极了，因为它的儿子就要娶一位漂亮的新娘，这对于丑陋的癞蛤蟆家族实在是只有梦里才敢想的事。

新房终于收拾好了。老癞蛤蟆抹了抹周身的泥土，高高兴兴地招呼儿子：

"喂，小子，快和我一块儿去接新娘！"

母子两个向托着拇指姑娘的叶子游过去了，它们先把胡桃壳摇篮搬走，送进泥巴筑的新房里，然后，一块儿来接拇指姑娘。老癞蛤蟆在水里对拇指姑娘点一下头，算是致意，然后，对拇指姑娘热情地说：

"可爱的孩子，从今以后我们就要一块儿生活了。我的儿子将成为你的丈夫，它是个挺不错的丈夫，我相信你们会生活得很好的。"

老癞蛤蟆说着，拉过

儿子，对他说：

　　"孩子，我给你找了这么好的新娘，你可要好好地待她呀。"

　　小癞蛤蟆乐得一个劲儿点头，口里不停地"呱呱呱"地叫着。

　　拇指姑娘坐在落叶上，只是哭，她哭得好伤心呀！她怎么会愿意和一只癞蛤蟆生活在一起呢，她甚至看都不愿意看它一眼。拇指姑娘的哭声惊动了水里的小鱼。小鱼们探出头来，听了一会儿，弄明白了是怎么回事，它们都很同情

拇指姑娘，不忍心看着这么漂亮的小姑娘嫁给一只讨厌的癞蛤蟆。它们决定帮助拇指姑娘逃走。

小鱼们商量好了以后，就一齐来到拇指姑娘坐着的落叶下边，大家齐心合力地托起那片落叶，快速地顺着水流游走了。等到小鱼们觉得癞蛤蟆肯定追不上的时候，才松了一口气。

小鱼们对拇指姑娘说：

"可爱的女孩，现在你不用怕了，癞蛤蟆肯定找不到你了。我们要回去了，你放心地坐在这片落叶上顺着溪水游去吧。你这么好的女孩一定会有好命运等着你。再见了！"

拇指姑娘流着泪说：

"谢谢你们救了我，我不会忘记你们的。"

　　拇指姑娘坐在落叶上慢慢地向下游漂去。一路上，风轻轻地吹，阳光暖暖地照着，小鸟唱着歌为她送行，她一点儿也没感到寂寞。

　　拇指姑娘就这样坐在落叶上漂呀漂呀，一直漂到国外去了。

　　这时，一只白色的蝴蝶看到了拇指姑娘，它高兴极了，围着拇指姑娘转了好一些时候舍不得离开，最后，它就落在了叶子上，停在拇指姑娘身边。

　　拇指姑娘见白蝴蝶来和自己做伴，也非常高兴。她担心白蝴蝶会不小心掉进水里，打湿了翅膀就糟了，于是，她用自己的腰带把白蝴蝶系在了叶柄上，

这样她就放心了。

白蝴蝶和拇指姑娘坐在落叶上，她们继续往前漂。一只好大的金龟子也看到了拇指姑娘，它可不像白蝴蝶那样犹犹豫豫的，它径直朝拇指姑娘飞来，一下子抓住拇指姑娘的细腰，带上她飞走了。拇指姑娘被这突如其来的事情惊呆了，她不知道金龟子为什么要抓走她，她更担心那只痴情的白蝴蝶，如今，那只白蝴蝶还被腰带系在叶柄上，它无法飞走，也许会饿死的。

拇指姑娘既为白蝴蝶难过，又为自己的命运害怕，她不知道金龟子要把她带到什么地方去。终于，金龟子停在一棵树上，它放下拇指姑娘，把她放在一张嫩绿的大树叶上，然后，把采来的花蜜糖拿来给拇指姑娘吃。

拇指姑娘惊魂未定，但她确实有点儿饿了，就吃起蜜糖来了，可眼睛仍然不敢看金龟子。金龟子甜言蜜语地一个劲儿夸拇指姑娘美丽动人，说它多么喜欢她。

这时，林子里好多的金龟子听到消息都来拜访了。它们围着拇指姑娘转来转去，唧唧喳喳地发表着自己的看法：

"喂，那位老兄说她如何如何漂亮，我怎么看不出来呢？我倒是觉得她长得像个怪物。"

"是呵，瞧她只有两条腿，难道这能算好看吗？"

"她甚至连触须都没有，真是太不健全了！"

"她的腰太细，哪里比得上我们的体态。"

金龟子们七嘴八舌的议论让抓她的那只金龟子也产生了动摇。它左看右看，觉得同伴们说的也有道理，也许她真是怪难看的。既然如此，何必还要她呢。金龟子打定主意抛弃她了，它把她放在一朵娇嫩的菊花上就飞走了。

拇指姑娘坐在菊花芯上伤心地哭了起来，倒不是她一定要金龟子收留她，她是为自己的遭遇难过。如今，命运把她抛在了这样一个广阔而又陌生的环境里，她真不知道这么弱小的自己该如何生存下去。

幸好这是个好季节，夏天温暖的阳光照进树林，也轻轻地抚慰着拇指姑娘娇嫩的脸蛋儿。拇指姑娘自己安慰自己，要活下去。于是，她振作精神开始动手安排自己的生活。

拇指姑娘决定为自己编一个小床。她用纤纤的小手收集了一些草叶，用这些草叶编了一个不错的小床。然后，把小床挂在一个宽大的牛蒡草叶子底下，这样，她就可以安心地住在床上，不用担心会被雨水淋湿了。

　　拇指姑娘也学会了从花芯里采集花蜜来做自己的食品。她每天还用树叶做成的卷筒去收集叶片上滴落的露珠，用这些露水做饮料。拇指姑娘很能干，她不再觉得孤独和胆怯了，她把自己的生活料理得挺好，又有鸟儿唱歌为伴，她的心情好起来了。

　　夏天和秋天很快就过去了，寒冷的冬天来了。原来美好的一切全发生了变化：树叶凋落了，花草也凋落了，为拇指姑娘的睡床蔽雨遮阳的大牛蒡草叶子也枯黄了，最后，竟在一次冷风中凋落了。天气变得阴暗而冰冷，拇指姑娘蜷缩着身子，躲在自己的睡床上，她单薄破旧的衣服怎么能抵挡冬天的寒风呢。

　　一天，天上下起雪来，雪花落在拇指姑娘的身上，她双手抱着肩膀，冻得浑身发抖，她的身体几乎被冻僵了，她哆哆嗦嗦地扯了一片枯叶子把自己包在里面。可是，枯叶怎么能御寒呢？她照样在不停地发抖，最后，她忽然想到：

　　"也许呆在这里，我很快就会被冻死的。不如出去走一走，活动活动也许会好些。"

　　拇指姑娘从自己的小睡床上下来，一步一步地向林子外边走去。她那么小的身子，走起来当然很慢。

走了好久好久，她才走出树林，来到一望无际的麦田边上。麦田里的麦子早已收割完了，只剩下一些光秃秃的田地和麦茬。她漫无目的地在麦田里走着，只管往前走。

走着走着，突然，拇指姑娘发现了一个小洞口，她不知道那是做什么用的小洞，不过，她想：

"也许躲在小洞里会暖和些。"

拇指姑娘站在洞口，脑袋向里张望，她发现里面不仅很暖和，而且很干净，她轻轻走进去，小心谨慎地问道：

"里边有人吗？我可以进来吗？"

一只田鼠应声走了出来，看上去有点儿年纪了。老田鼠见拇指姑娘一副可怜巴巴的样子，忙说：

"请进吧，小姑娘。"

拇指姑娘讲了自己的遭遇，请求老田鼠收留她，因为，她已经无处可去了。

老田鼠心肠很好，它对拇指姑娘说：

"好吧，你就住在这儿好了。我有一整整房间的粮食，足够我们用到明年夏天。我的住所也很暖和，保险你受不着冻。不过，你要答应帮我收拾房间，打扫卫生，我年纪大了，有点儿干不动了。你能和我做伴

也是件愉快的事，最好再每天给我讲讲故事、笑话什么的，那就更好了。"

拇指姑娘连连答应，她为自己能找到这么好的住处高兴极了。

拇指姑娘在老田鼠家住下了。她生活得挺愉快的，再不用为温饱操心了。

一天，老田鼠对拇指姑娘说：

"今天，有一位客人要来我们这儿，它是我的邻居鼹鼠。它有很舒适的住宅，华贵的服饰。如果你能博得它的好感，让它娶你为妻，你会一辈子吃穿不愁的。记住，它的眼睛看不见东西，只要你能讲些它喜欢听的话，它就会爱上你的。"

拇指姑娘听了老田鼠的话，心里不以为然，她根本没想过要嫁给一只鼹鼠。管它怎么有钱，有学问，它自己什么都看不见，听说对阳光下的一切都排斥，对阳光呀、花呀、树呀，从来没说过一句好话。

鼹鼠来访的那一天，拇指姑娘见它果然穿着很漂亮的像天鹅绒一样的袍子，一副绅士模样。

拇指姑娘出于礼貌，为鼹鼠唱了一支歌，这支歌的确很动听。拇指姑娘优美的嗓音使鼹鼠真的动心了。

这是个有心计的鼹鼠，它没有当场表露自己的感

情，而是回到家中，想出一个接近拇指姑娘的好主意来。它从自己家里挖了一条长长的通道，直通老田鼠的家。它很有礼貌地对老田鼠和拇指姑娘说：

"请你们随时到我家来做客，你们可以从这条通道过来，这条通道又近又可以避免风雪。"

最后，鼹鼠还没有忘记告诉她们：

"这条通道上有一只死鸟，是前几天去世后被埋在这里的。为了不绕道，只好经过死鸟埋葬的地方。"老田鼠和拇指姑娘在鼹鼠如此殷勤的邀请下，实在不好意思拒绝，她们决定随鼹鼠一道去它家进行礼节性拜访。

鼹鼠高兴地走在前边，它的嘴里叼着一根引火木。这引火木可以在黑暗中发光，这样，就可以为老田鼠和拇指姑娘照亮通道了。走着走着，果然看到前边不远处有一只鸟躺在那里。为了让老田鼠和拇指姑娘看得更清楚些，鼹鼠索性用它的大鼻子把通道上捅出一个大洞来。阳光照进通道，眼前的一切看得更清楚了。

老田鼠和拇指姑娘走近那只鸟的身边，看清了那是一只死燕子。燕子美丽的翅膀紧贴在身体上，腿和头紧缩进羽毛里，一眼就看得出是冻死的。拇指姑娘看了冻死的燕子，心里很难过。她特别喜欢鸟，因为鸟给她的生命带来了数不清的欢乐，没有鸟，世界会变得静寂和沉闷。

鼹鼠和拇指姑娘的想法可不一样，它用脚踢了一下燕子，轻蔑地说：

"瞧它这副可怜样子。活着的时候挺神气的，整天唱呀唱的，到了冬天，还不是这种下场。"

老田鼠也随声附和道：

"可不是么，还是你生活得实际，不像燕子之类的鸟们高高地站在树上，唱着似乎很高雅的曲子，以此来表示着自己的才华。结果如何呢？还不是躲不过严寒和饥饿。"

拇指姑娘什么也没有说，她的心情很沉重。她趁鼹鼠和老田鼠转过身去议论的时候，轻轻地弯下身子，用手把燕子头前的一缕羽毛拂到一侧去，让它露出美丽的额头，然后，在燕子的额头上轻轻地印了一个吻。她忍不住想到：

"可怜的燕子，说不定在夏天里，每天清晨在我头上唱歌的就是你，你的歌是那样叫我陶醉，让我感到生活是那么的美好。现在你却躺在了这里……"

这天晚上，拇指姑娘怎么也睡不着，她的脑海里总是浮现出燕子的影子。她悄悄地爬起来，找了些草，编了一个很大的草毯子。然后，把草毯子带到那只死了的可怜的燕子身边，轻轻地把草毯子盖在燕子的身上。她还把在老田鼠洞里找到的一点儿棉絮也带来了，小心地掖在草毯的缝隙处，仿佛那燕子没有死，这样会使它暖和一些。

做完这一切，拇指姑娘凝神看着燕子说：

"可爱的燕子，虽然你现在躺在这里什么也不知道了，但我不会忘记你的，我会永远怀念你。夏天的时候，你曾唱了那么多好听的歌，给了我那么多的快乐，我在心底感激你！愿你的灵魂安息吧，再见了，亲爱的燕子！"

拇指姑娘说了这些伤感的话之后，把头温柔地贴在燕子的胸膛上，想和它最后告别。她突然吃惊地抬起头来,因为她感觉燕子的心脏似乎还在跳动。她不敢相信这是真的,又轻轻地把身子伏在燕子的身上,这一次,她真真切切感觉到燕子的心在跳动。

原来,这只燕子并没有死,它不过是被冻僵了。它原本和所有的燕子一道往南方飞去,准备在温暖的南方度过寒冷的冬季。结果,在飞行的路上,它受伤掉队了,病刚刚好一点儿,一场暴风雪把它冻得昏了过去,最后,让冰雪把它掩埋了。

拇指姑娘不知该怎样帮助燕子,才能使它苏醒过来。她又找来了自己当被子的荷叶,她再也没有别的办法给燕子更多的温暖了。最后,她干脆把自己小小的身体伏在燕子身上。

第二天夜里,她又跑到燕子身边,暖它的身子。这时,燕子忽然微微地睁开了眼睛,它看见一个比自己小很多的小姑娘正在帮助自己,它的眼睛潮湿了。它动了动嘴巴,用微弱的声音说:

"谢谢你,好心的小姑娘。我现在感觉温暖极了,过不了多久,我就能重新飞起来,飞到外面的世界去。"

拇指姑娘高兴得流出了眼泪,她急忙说道:

"不行,你不能飞到外面去,外边太冷了,到处都是冰雪,你就躺在这儿好了,我会照顾你的。"

从此之后，拇指姑娘每天来照看燕子，给它送吃的和喝的东西。燕子给她讲自己的经历，讲自己的翅膀是怎么被荆棘刺伤的，讲自己的同伴，讲温暖的南方，她们成了好朋友。

整个冬天很快就过去了，有了燕子做伴，拇指姑娘觉得冬天不怎么难熬。她们之间的交往田鼠和鼹鼠一点儿也不知道，拇指姑娘没告诉它们，因为她知道它们不喜欢燕子。

春天到了，天气一天天暖和起来，燕子要飞走了，它恋恋不舍地问拇指姑娘：

"你想不想和我一起飞走？你可以坐在我的背上，我会好好地待你，回报你的救命之恩。"

拇指姑娘说：

"我不能走啊，田鼠年纪大了，需要照顾。"燕子只好与拇指姑娘告别，它深情地说：

"再见了，你这善良、美丽的小姑娘，我不会忘记你的。"说完，便飞上了天空。拇指姑娘目送着燕子的背影，眼睛里滚下了热泪。其实，她是多么愿意和燕子在一起呀。

燕子越飞越远，终于，看不见了，拇

指姑娘这才拖着沉重的脚步走回黑漆漆的田鼠洞里。她的心在流泪，她不知道自己的前途在哪里,她必须强迫自己适应地下洞穴的生活。

田鼠洞上的田野里已经齐刷刷地长起了一望无边的麦子。这时,田鼠对拇指姑娘说:

"夏天就快到了,你要在这段时间里缝好一件嫁衣，因为鼹鼠已经向你求婚了，我也答应了它的请求。它很快就会娶你,你要做好必要的准备,它可是个挺阔的绅士。"

拇指姑娘没有能力改变自己的命运,她只好听凭田鼠的安排。她开始学着摇纺车。鼹鼠还为她请了几位蜘蛛,它们日日夜夜地忙碌着。

鼹鼠似乎等不及似的，每天晚上都要到田鼠家来,看看纺纱、织布的进展情况,每次还要唠唠叨叨地说这些讨厌的话。

拇指姑娘心里一点儿也不高兴,她甚至不希望快点儿把嫁妆赶出来,因为,她一点儿也不喜欢鼹鼠,不过是不得已罢了。她的心里倒是常常记挂着那只漂亮的燕子,不知它现在怎么样了。每天清晨,太阳一出来,拇指姑娘总要到洞外来站一会儿,她自己也不知道这是为什么,也许她希望某一天清晨燕子会突然出现在她的面前,唱着好听的歌。黄昏的时候,她也常走在田野里来,她希望有燕子的消息。

后来,田鼠发现了她心神不定地往外跑,便带有责备意思地对她说:

"你是快做新娘的人了,应该踏踏实实地忙嫁妆。这样整天往外跑像什么样子。"

拇指姑娘再也忍不住心里的悲哀,她哭了起来,对田鼠说:

"我不想嫁给鼹鼠,我宁可一辈子服侍你。"

田鼠一听,气坏了,大声喊着:

"那怎么行!答应了的事情怎么能反悔呢?它那么富有,你嫁过去会吃穿不愁的,像这样的丈夫你上哪儿去找?如果你敢不听我的话,你可不要怪我,我会狠狠地咬你的!"

拇指姑娘绝望了,现在只好听天由命了。婚期就要到了,拇指姑娘的心像压着块大石头。

举行婚礼的那天,鼹鼠打扮得漂漂亮亮,皮袍梳理得油亮,它一脸喜气洋洋的神情来接拇指姑娘了。

拇指姑娘擦干了眼泪,她向鼹鼠提出一个请求:让她再到洞外的田野里去看一看太阳、树木和花草,因为以后她就只能永远生活在地下世界了，她要跟阳光下的一切告别。

鼹鼠心情特别好，因为能娶上这么漂亮的新娘真是件不容易的事，很多亲戚朋友都说它有福气。它现在什么条件都会答应拇指姑娘的，只要她做它的新娘。

拇指姑娘来到洞外的田野上，她望望太阳，望望远处的树木，望望一眼望不到边的麦田，心里百感交集，又流下了眼泪，她心里念叨着：

"再见了，光耀四方的太阳！再见了，可爱的田野。树木和花草，再见了……"她的眼睛湿润了，泪水像小溪一样在脸上流淌。她知道嫁给鼹鼠就等于要一生住在阴暗潮湿的地下洞穴里了，她不愿意，但她没有办法。现在她只能用眼泪来倾诉心中的悲哀了。

拇指姑娘正在伤心地哭泣，突然听到头上方有："滴里、滴里"的叫声，她抬头一看，是一只燕子从头上飞过。不一会儿，那只燕子落在了她的面前，拇指姑娘惊喜地叫了起来："是你吗？真的是你吗？我亲爱的燕子。"

小燕子也高兴极了，它见拇指姑娘的脸上挂着泪痕，就关切地问：

"你怎么了，为什么事伤心了？"

拇指姑娘向小燕子讲述了自己的不幸，一边讲，一边又伤心地哭了起来。

小燕子听了拇指姑娘的叙述，心里十分同情这个可怜的小女孩，它也不愿意拇指姑娘嫁给那样一个丈夫，那岂不害了拇指姑娘一生。它想了想，说：

"别难过了，天气就要冷了，每年冬天我们都要到南方去，那儿气候温和，特别适合我们生活。要不然，你干脆和我一块儿到南方去吧。"

拇指姑娘停住了哭声，她擦擦眼泪说：

"可是，我又不会飞，怎么去呢？"

小燕子说：

"我可以背着你，你要用腰带把自己系在我身上，就不会有什么危险了。我带你离开这里，田鼠鼹鼠就再也找不到你了。你会很喜欢南方的

– 64 –

生活的，那儿有开不败的鲜花，一年四季都能看到绿树青草，还有美丽的蝴蝶、蜜蜂，你不会寂寞的。"

拇指姑娘说：

"南方一定很远吧？你带着我不是太辛苦了吗？"

小燕子说：

"南方是很远，不过，我的体力很好，你不用客气，也不用担心。你救了我的命，我出点儿力算得了什么。"

拇指姑娘笑了，她说：

"那好吧，我和你一块儿到南方去。"

拇指姑娘把自己牢牢地系在小燕子身上，他们一块儿向南方飞去了。拇指姑娘从来没有从这么高的地方往下看过，起初她有点儿胆怯，觉得往下看，头都有些发晕了。慢慢地，她习惯了高空飞行，她惊奇地往下看去，高山、大川、雪峰、森林，她从来没有见过这么壮丽的景象，她在心里说：

"原来世界这么大！这么美！"

小燕子把拇指姑娘带到了南方。这儿的气候好极了，太阳似乎更明亮，天空似乎更高远。拇指姑娘的心里畅快极了。

他们来到小燕子在南方的住所，这周围的风景更是美极了。一个很大很大的大花园，里边有碧波荡漾的湖水，有树林、鲜花、绿草，还有一大片果树和葡萄架，架上挂着沉甸甸的葡萄。树林里有许多蝴蝶、蜜蜂，还有唱着各种歌的小鸟。最让拇指姑娘惊奇的是花园里有一座金碧辉煌的宫殿。这么漂亮的房子拇指姑娘还是头一次见到，她甚至以为这就是天堂了。

拇指姑娘正出神地看着眼前这一切，忽然听到燕子对她说：

"喂，你想住在哪里？我好给你安排。"燕子指着它房子旁边的花丛，问拇指姑娘。

拇指姑娘指着一根倒在地上的大理石柱子旁边盛开的一朵美丽的白花说：

"我就住在这朵花芯里好了。"

燕子把拇指姑娘放到那朵花的花瓣上。拇指姑娘深深地吸了一口花香，她觉得这儿舒服极了。拇指姑娘一扭脸，发现花芯上还有一个小人，是个小男孩。那男孩十分英俊，一双眼睛充满智慧，头上还戴着一顶金色的王冠。与拇指姑娘不同的是，他身上有一对透明的翅膀。他的个子和拇指姑娘差不多高。拇指姑娘好奇地问：

"你是谁？"

那个男孩说：

"我是花中的国王，我的臣民就是每朵花中的安琪儿。"

拇指姑娘惊喜地叫了起来，她对燕子说：

"上帝呀！没想到他是位国王！多么了不起的人呀！"

这位小国王见到拇指姑娘非常高兴，立刻向拇指姑娘问好，他十分有礼貌地说：

"认识你太好了！你是我见过的最美的女孩！"

他们热烈地攀谈起来，谈得那么投缘，那么开心。不久，小国王把自己的王冠取下来戴在拇指姑娘头上，他说：

"你戴上这王冠就更美了，我真希望你能嫁给我，做百花王国的王后吧！"

拇指姑娘兴奋极了，她是多么喜欢这位小国王啊，她从心里爱上了他。她想到从前的经历，想到那么丑陋的鼹鼠，它怎么能和这么可爱的小国王相比呢。她觉得自己真是太幸运，太幸福了，她答应了小国王的求婚。

小国王向百花中的安琪儿公布了这个令人振奋的消息。所有的花里都走出一位可爱的安琪儿，它们热烈地向小国王和拇指姑娘祝贺，祝福他们永远幸福、快乐。

他们每个人都知道拇指姑娘没有翅膀会很不方便的。

小国王为拇指姑娘安上了翅膀，现在，她也能像小国王和所有的安琪儿一样在花间飞来飞去了。她快活极了，扇动着翅膀来到小燕子的家里，她要把这最好的消息告诉自己的好朋友。

小燕子听到了小国王要和拇指姑娘结婚的消息，高兴地为他们唱起了祝福的歌。它虽然那么喜欢拇指姑娘，而且已经从心里爱上了她，但它还是为拇指姑娘高兴，宁肯把自己的痛苦深深地埋在心底。

所有安琪儿都希望国王为他的王后起一个美丽动听的名字，国王觉得有理，于是，为拇指姑娘起了一个新名字，叫玛娅。

小燕子为了使自己不再伤感，它在一个晴朗的天气里向拇指姑娘和小国王告别，它说，它要搬到很远的一个地方去，那儿有它的一位亲戚需要照顾。

拇指姑娘不知道小燕子心中的秘密，她热情地挽留它：

"不要走了，你是我最好的朋友，我真不愿意你离开我。你可以让那位亲戚到我们这儿来住，我们大家都可以照顾它。"

　　小燕子谢绝了，它含着泪说：

　　"再见了，也许我还会来看你的，希望你保重。"

　　小燕子从此再也没有见到拇指姑娘，它是在临终前才讲了这一切，这个故事就是这样流传下来的。

小红帽

在很久很久以前，有一个非常漂亮、非常可爱的小女孩，几乎是人人见了人人爱。被人爱是多么幸福啊！而其中最疼爱她的人是她的祖母。祖母疼她、爱她，有什么好吃的东西都留给她，有什么好玩的东西也给她。她也非常喜欢祖母。有一天，祖母送给她一件礼物——一顶红天鹅绒的帽子。她非常喜欢，刚拿到手就迫不及待地戴在了头上。这顶小红帽非常适合她，像是专为她制作的一样。她对这顶小红帽爱不释手，天天戴在头上，所以大家都叫她"小红帽"。

有一天，母亲把小红帽叫到跟前，耐心而又认真地对她说："亲爱的小红帽，现在我让你去办件事。你的祖母现在正生病，身体很虚弱，需要补补身子。而妈妈特别忙，不能亲自去看你祖母。你呢，代替妈妈去看看你祖母,祖母一定也非常想你了。你愿意去吗?"

小红帽连忙说:"愿意,愿意!我也很想祖母了。"

"那好。"母亲说,"这里呢,有一块鸡蛋糕和一瓶儿葡萄酒,你给你祖母拿去,你祖母吃了很快就会恢复健康的。趁早上天气凉快,你现在就动身吧……"

母亲的话还没有说完,小红帽拿起东西就跑。母亲又把她叫住对她叮嘱一番:"孩子,别着急呀!记住,到外面要老老实实、规规矩矩地走路,不要东瞧瞧西看看,更不要跑到路外面去。否则,你就会出差错的,如跌倒呀,打碎瓶子呀,那样的话,祖母的东西就没了。还有,你到了祖母家里也要老老实实,不要忘记向祖母问好,不要东张西望,那样会很不礼貌的。"

小红帽说:"妈妈,我知道了,我会听话的,我一定好好表现。"说完和母亲告了别,就急匆匆地上路了。

小红帽的祖母住在郊外的森林里,那里风景优美,空气新鲜,而且非常安静,是个度假的好去处。那里仅有一点儿不好,就是容易遇上野兽。不过,小心防护也不会有什么事。祖母家距离小红帽家有半小时的路程。小红帽按母亲叮嘱的那样,向祖母家里走着,不知不觉来到了森林里。可偏偏遇见了一只大灰狼。由于小红帽年纪小,还不知道大灰狼是非常残忍的吃人的东西，所以也没有特别在意，更不害怕。

大灰狼主动上前打招呼："早安，小红帽。"

"谢谢你，狼先生。"小红帽回答道。

这样就完了吗？没有。大灰狼一定要问出个究竟来。听听他们的对话吧！

"亲爱的小红帽，你这么急匆匆地要到哪里去？"

"我要去我祖母那里。"

"你裙子鼓鼓的，放的什么好东西啊？"

"一块鸡蛋糕和一瓶葡萄酒，这是妈妈给祖母带的。祖母正在生病，身子虚弱，需要吃点好东西补补身子。"

"小红帽，你的祖母家在哪里呀？离这儿远不远？"

小红帽说："在森林里，不远了，还有一刻钟的路程吧。祖母家很好找的，她的房子座落在三棵大橡树下面，旁边围着胡桃树篱笆，远远就能看见。"

听到小红帽如此说，一个坏主意钻进了大灰狼的大脑。它心里想："这个小女孩的肉一定鲜嫩，是一口难得的肥肉。那老太婆的肉虽然比不上她的，但用来充饥也是很好的。所以，我一个也不能放过，我要用计把她们都弄到手。"

于是，它在小红帽身边绕了几圈，计策渐渐想出

来了。然后，对小红帽说："小红帽，你怎么像小学生上学一样，只管走自己的路。你放眼望望，你仔细听听，你会知道郊外森林里有多美。你听，鸟儿在枝头唱歌，多动听啊！你看看周围的花，多美啊！千万别错过这次大好的机会，你认真观赏观赏会发现这里风光无限，不看就太遗憾了！"

听到大灰狼如此赞美这里，小红帽睁大了好奇的眼睛望着这里的一切。她看见太阳公公慈爱地抚摸着森林，透过树的缝隙射进一道道光柱，树木高大挺拔。再看草地上，到处开着野花，美丽极了。她被这里的美景吸引住了，妈妈的叮嘱忘在了脑后。

小红帽想："这里的鲜花这么美，如果给祖母采一束鲜花，她一定会非常喜欢。反正现在时间还很早，采束花也不会耽误事的。"

她离开大道，钻进森林里去采花。这里的野花太多了，各色各样，品种繁多，让人看了眼花。她每摘一朵，又看到前面还有更漂亮的，于是又跑上前去摘。如此反复，她渐渐地不知不觉地跑到了森林的深处。这时候，那狡猾的大灰狼去哪了呢？大灰狼骗走小红帽之后，去找小红帽的祖母了。按照小红帽说的，大灰狼找到了祖母的房子。

房子里面静悄悄的，大灰狼想："莫非老太婆正在睡觉？睡觉正好，这样我就更容易把她吞下。如果没睡也没关系，就凭她那虚弱的身子也不是我的对手。"于是大灰狼走上前去，敲了敲门。

"外面是谁呀？"祖母有气无力地问道。

"奶奶，我是小红帽。我给你拿鸡蛋糕和葡萄酒来了，你吃了这些东西很快就会好的。请开开门吧！"

祖母高兴地叫道："小红帽来啦！奶奶都想死你了。你撬门上的把手好了，我一点儿力气也没有，起不来，你就自己进来吧！"

大灰狼心中窃喜，撬掉把手，打开了门。它一声不吭地走进屋里，看到祖母正虚弱地斜躺在床上，微闭着眼。祖母听到响声，睁眼一看是只狼，吓得说不出话来。大灰狼猛扑上去，一口把祖母吞进了肚子里。大灰狼继续实行自己的下一步计划，它第二个目标就是小红帽。为了做得万无一失，它积极准备起来。它穿上祖母的衣服，戴上祖母那软边的帽子，拉上窗帘，躺在床上装病。

再来说小红帽。森林里的野花太多了，看看这个很美，看看那个也很漂亮，她采呀采呀，采集了很多。当她采到实在拿不动时才停止，这时才想起生病的祖母来,于是赶快寻找往祖母那里去的大道。她走得太远了,过了好一会儿才回到大路上。看看天色也不早了,她赶紧往祖母家里赶去。

来到祖母家,她不免有些奇怪。"大白天祖母怎么大开着门?往常门总是关得很严很紧的。"她的心跳得很厉害,走进房间,也觉得有些异样。她想:"我今天是怎么回事?心里很不安。我来过这里好多次了,平常我到这里都是很愉快的。今天怎么和以前感觉不一样呢?"她走进祖母的房间叫道:"奶奶,早安!"但是,没有人回答她。屋子里很暗,看不清楚。小红帽走到窗前把窗帘拉开,屋子里顿时亮了许多。小红帽看到了床上躺着的祖母,不过样子怪怪的,祖母生病了为什么用帽子盖住脸呀?她睡觉为什么不把门关严,而是敞开着呢?小红帽脑子里有一连串的问题,越想越疑惑,越想越不安起来。

为了确定是不是祖母,她使劲喊道:"奶奶,小红帽来看你了,你睁开眼来看看我呀!我给你带来了好东西,有鸡蛋糕和葡萄酒,我还特意从森林里给你采了一大束鲜花。奶奶,你看看呀!"

小红帽说着这些话,但是不敢走上前去。大灰狼在床上等不急了,掀开被子从床上跳了下来,对小红帽

说:"小红帽,我等了你好久了,你的肉一定很香,来吧,让我尝尝。"说完,一下子扑向小红帽,可怜的小红帽来不及挣扎,就被那可恶的狼给吞下去了。

大灰狼实现了它的罪恶目的,满足了欲望。它吃得撑了,走不动了,于是倒在床上,呼呼大睡,大声地打鼾。这只大灰狼真不是个好东西,吞掉了可爱的小红帽和可怜的生病的老祖母,这时候要是来个人就好了,趁它睡得正香肯定能把它打死。

说来也巧,有个猎人恰巧从这座房子前经过,听到鼾声纳闷道:"不对呀,以前怎么从来没听到老婆婆打鼾,今天是不是不舒服?我得进去瞧瞧。"猎人急匆匆走进房间,来到了床前,没看到老婆婆,却看见一只狼躺在床上睡觉。他恶狠狠地对大灰狼说:"你这个老奸巨猾的东西,我找了你好久了,你让我找得好

辛苦啊！不过终于在这里遇见了你，很荣幸呀！"

　　说着他举起了枪，准备射击，忽然想到不该这么鲁莽，老婆婆可能就在狼肚子里。如果开枪射击会把老婆婆也伤着了。于是他放下枪，找到剪刀，小心地剪开那睡着的狼的肚皮。果然不出他所料，他刚剪了几刀，看见一顶小红帽子。再剪了几下，一个可爱的小女孩爬了出来，只听那小女孩说："呀，里面黑死了，都快把我给吓死了。猎人叔叔，你赶紧救我祖母吧，她也在里面。"猎人继续剪着大灰狼的肚皮，果然看到了祖母。祖母还活着，可是身子虚，加上刚才的惊吓，现在几乎不能呼吸了。小红帽气愤地拿大石头来填狼肚子，猎人也在一边帮忙。狼听到响声加上肚子的疼痛，终于从美梦中醒来了。看到这么多人，尤其看到了猎人手里那杆枪，它想逃走，可是肚子里的石头太重了,它还没完全站起来就倒下死掉了。

看到大灰狼死了,小红帽高兴地拍着手,祖母脸上也洋溢着笑容,猎人脸上露出胜利的微笑。后来,猎人把狼皮剥下来带回了家。小红帽拿出妈妈准备的鸡蛋糕和葡萄酒让祖母吃,祖母吃了东西,身体渐渐好起来了。小红帽看到祖母好起来了,心里一块石头落了地。同时她想:"如果我听妈妈的话,光走大路,不东张西望,不到森林里去,也许不会发生这么大的危险。下次我一定记着,我再也不被狼骗了。"

不久,母亲又让小红帽给祖母送点心去。有了上次的经历,小红帽格外的小心,按照妈妈说的走大路,不东张西望。又有一只大灰狼主动和她说话,它也想像上只狼一样把小红帽引开,让她离开大道。但是我们聪明的小红帽哪能这样轻易再次受骗呢?她早已有了防备。这次她再不理会大灰狼,它愿说什么说什么,小红帽只管走她的路,一路平安地来到祖母家。

见了祖母,小红帽说:"奶奶!我又遇到了一只大灰狼,它祝我早安。当时,我看到它眼里流露着坏主意,我没有上它的当,随它怎么引诱,我没有理会。如果我像上次那样离开大路,我肯定要被它吃掉。"

祖母听了也很担心,连忙说:"我们快把门关上,别让大灰狼闯进来了。"

小红帽和祖母以为这回可平安了，谁知，过了一会儿，听见狼来敲门并且高声叫着："祖母，快开门，我是小红帽！我来看你了，并且拿来了你爱吃的点心。"她们两人没敢出声，更不敢开门。那只大灰狼无奈地在屋外悄悄绕了一圈又一圈，它可不甘心两手空空地回去。想来想去，终于跳上了屋顶，一个罪恶的想法在脑子里盘算着，它要在屋顶上躲着，等小红帽晚上回家时，悄悄跟在后面，在黑暗中把她吃掉。祖母听到屋顶上的声音，也猜出了大灰狼的心思，她决定要好好治治这只可恶的大灰狼。

祖母的房子前面有一个大石槽，她要用它来惩治狼，于是她对孙女说："小红帽，我昨天煮了许多香肠，你把桶拿来，把昨天煮香肠的水一桶一桶地倒在大石槽里。一会儿就要有好戏看了。"

小红帽按照祖母的吩咐去做了，直到把火石槽灌得满满的为止。一阵香气飘上屋顶，飘到了大灰狼的鼻子里。

"什么好吃的东西？这么香！"

大灰狼想着，并且好奇地朝下面张望着。它把脖子越伸越长，身体倾斜度太大，脚底下一滑，跌落下

来。大灰狼恰好从屋顶跌落到大石槽里面，被淹死了。小红帽和祖母都非常高兴，她们无忧无虑地在屋里畅谈着。

从那以后，小红帽再也没有遇到过大灰狼。

卖火柴的小女孩

　　夜色降临了。这是圣诞节前夕的一个夜晚。天很黑，下着雪，刺骨的寒风笼罩着一切。

　　在这样一个黑夜里，一个可怜的光着脚丫的小女孩正在街上走着。她原来还穿着一双破旧的大拖鞋，不管怎样，总比光脚板踏在冰冷的路面要好得多，而且，那样一双拖鞋还不是她自己的，是她妈妈穿的。这双拖鞋对她来说实在是太大了，在过马路的时候，两辆马车飞快的冲过来，吓的她把鞋都跑掉了。等她再去找时，拖鞋早被一个男孩捡去拿跑了。小女孩光着脚，使劲地追可怎么也追不上，终于，那男孩跑得无影无踪了。

　　小女孩只好光着一双脚走路，她的小脚已经冻得红肿，几乎失去了知觉。她的脖子上挂着一个布兜，里面装着一大包火柴，她的手里也抓着一把火柴，她是个卖火柴的女孩。这一整天，她没有卖掉一根火柴，所以一个硬币也没有挣到。

　　小女孩又冷又饿，脸上带着一副可怜的痛苦的表情。雪还在下，大片大片的雪花飘落在她身上、脸上和金色的卷发上，她仿佛成了神话中的公主，看上去很美丽。

　　小女孩走不动了，她想坐下来歇歇。于是，在两座一前一后错落楼房的夹角处，她坐了下来。她把自己紧紧地缩在楼角里，一双小脚尽量设法缩进破旧的裙子里面。她感觉这样似乎好过些。街市那边不断飘来烤肉的香味，她深深地吸了一口气，咽下唾沫。肚子饿得在直打鼓，可是，她不敢回家。她没有赚到钱，她怕父亲会打她，再说，家里那么穷，住在简易的板棚里同样不避风寒，比这里也好不了多少。

　　小女孩的一双小手几乎冻僵了，手里握着的火柴全撒在地上。她哆哆嗦嗦地拾起一根又一根，手里的火柴又掉了下去，她突然想到利用火柴来暖暖手，现在她已经不去想父亲知道了会不会打她。她只想快一点儿感受那暖暖的火光。

　　小女孩吃力地握紧一根火柴，在墙上擦着了。火光闪动着，她急忙伸出手去，用手拢住火苗，多么温暖多么明亮的火焰啊，火苗也不在晃动，直直地向上蹿着。

　　小女孩眯起眼睛，她感觉自己是坐在暖暖的火炉旁边，真好啊！小女孩感到从未有过的舒适和温暖。她轻轻地闭起眼睛。突然，她的手被熄灭的火柴烫了一下，她匆忙甩掉火柴杆，火柴熄灭了。

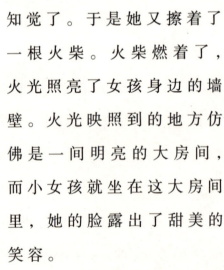

　　小女孩还想烤一烤脚，她的脚已经冻得快要失去知觉了。于是她又擦着了一根火柴。火柴燃着了，火光照亮了女孩身边的墙壁。火光映照到的地方仿佛是一间明亮的大房间，而小女孩就坐在这大房间里，她的脸露出了甜美的笑容。

　　小女孩看到在这大房间里有着漂亮的桌椅，餐桌上铺着很考究的桌布，

还有精美的餐具。餐具里满满堆放着好吃的东西，有各种各样的水果和蔬菜，还有烤鹅。小女孩的眼睛紧紧盯着那只烤鹅，那烤鹅仿佛明白了小女孩的心意，摇摇摆摆地走下餐桌，向小女孩走来。现在烤鹅就要走到小女孩身边了，小女孩伸出手去，这时，火柴熄灭了。小女孩的眼前一片漆黑。

小女孩又擦着一根火柴，这时呈现在她眼前的是一根高大美丽的圣诞树。它比小女孩曾在一位富人家窗外看到的那棵还要大。这棵圣诞树的绿枝上有上千支蜡烛。树上花花绿绿地挂满了礼物和花朵。小女孩看到一双漂亮的小皮靴，她伸手想取下来，火柴又灭了。在最后的一瞬间，她看到圣诞节的烛光升腾着，直升到天空变成亮亮的星星，其中一颗星拖着长长的尾巴落下来。

小女孩坐在黑暗中，她想到了已故的老祖母曾经说过的一句话"天上的星星落下来，就是人间的一个灵魂将升天了。"

小女孩又擦着一根火柴，她的周围又亮了起来。想不到老祖母来到她的面前，老祖母还是那么慈爱地伸出手来拥抱女孩。女孩高兴极了，她喊起来：

"奶奶！奶奶！你是来接我的吗？快把我带走吧！千万别离开我，别像那烤鹅、大炉子和圣诞树一样一眨眼就不见了！"

小女孩为了留住祖母，她抓起所剩下的一把火柴，迅速在墙上燃着。火柴的光亮大极了，比白天还要亮。祖母疼爱地把小女孩抱在怀里，抱得紧紧的。

小女孩也使劲用手臂搂着祖母,她的心里好快乐,她再也不和祖母分开了。她闭上眼睛,忘记了周围的一切,忘记了饥饿,忘记了寒冷,忘记了忧愁,她感到她们在一点一点地飘起来,飘到极乐的上帝所在的地方去了。

第二天的早晨,人们在墙角处看到了小女孩,没有了呼吸,她仍然坐在那里,手里托着一把燃过了的火柴杆。面颊红红的,脸上浮现着快乐的微笑。

人们很难理解她脸上的笑容,"她想给自己暖和一下……"人们猜测说。其实呢,谁也不知道她是在幸福中离开这个世界的。

白雪公主

很久很久以前的一个冬天，大片的雪花从天上飘落下来，就像那白色羽毛在飞舞，一位王后正坐在乌木框的窗边缝衣服。这位王后约摸三十来岁，面庞清秀，身段窈窕，文静贤淑，而且心地善良。可惜，这位王后一直没有儿女，她非常想要个孩子。

王后一面缝衣服，一面欣赏着外面的雪景，一不留神，缝针把指头扎破了，鲜血直滴，有几滴落在了雪上。鲜红的血落在雪上，十分好看，真是白里透红。她想："要是我能生一个孩子，皮肤像雪一样白，且白里透着红，像血那么鲜红；头发乌黑，像乌木那么黑，那该多好啊！"

不知是不是她的诚心感动了上天，不久以后，她生了一个漂亮的女孩，像她希望的那样，皮肤白里透红，头发乌黑柔顺。王后给女儿起了一个可爱的名字——白雪公主。白雪公主在王后的疼爱下，一天天地长大了，成了一个人见人爱的小公主。她心地善良，乐于助人，全国的百姓都为她深深祝福。

犹如天使般的白雪公主，过着幸福快乐的生活。但不幸的是，王后没过多长时间就去世了，白雪公主失去了爱她、疼她的母亲，多么可怜呀！

　　过了一年，国王又娶一个王后。这个王后也是一个漂亮的女人，但是她为人傲慢，而且还特别爱嫉妒别人，尤其嫉妒比她漂亮的女人。她喜欢别人夸她漂亮，自认为是世界上最美丽的女人。

　　新王后有一面魔镜，那魔镜知道的事很多，而且不会说假话。她就时常走到魔镜前面照照，还总爱问："魔镜，魔镜，你说谁是世界上最漂亮的女人？"镜子回答说："王后，世界上最漂亮的女人非你莫属。"每当她听到这样的话，心里就非常高兴，虚荣心得到了满足。

　　时间如流水一般逝去。白雪公主也渐渐长大了，越长越漂亮，到七岁的时候已美得惊人，超过了王后。有一天王后又照镜子，她问魔镜："魔镜，魔镜，你说谁是世界上最美丽的女人？"

　　"在这里你是最美的，但是比起白雪公主来，你差了不知多少倍呢！"魔镜回答道。

　　王后听了大吃一惊，气得瞪大了她那双凶狠的眼

睛，嫉妒之心猛然大增。以后，她见了白雪公主心里就难受，又恨又嫉，对白雪公主越看越不顺眼。白雪公主成了她的眼中钉，肉中刺。她日夜不得安宁，非要让白雪公主从她的眼前消失不可。

有一天，她暗暗地叫来一位猎人，对他说道："我不喜欢我的女儿——白雪公主，我现在命令你把她带到森林里杀了，然后把她的心和肝掏出来，拿回来给我看。你要把这件事做得神不知鬼不觉，不要让任何人知道。事成之后，我会重重地赏你！"王后的命令谁敢违抗？猎人只好听从，把白雪公主带走了。

猎人把白雪公主带到一个大森林里，抽出刀来要杀她，白雪公主哭着说："猎人叔叔，你就可怜可怜我吧，我从小失去了母亲，现在又遭继母的暗杀。我又没有做错什么呀！你就放我一条生路吧，我一定会跑到很远很远的地方去，永远不回家，永远不让继母看到。"其实，猎人也很喜欢这个可爱美丽的公主，她还是个可怜的孩子呀！猎人同情地对她说："孩子，你快逃走吧！永远别回来了，王后是不会放过你的。"

放走了白雪公主后，猎人的心稍稍宽慰了些，至少他没有做下没良心的事。为了给王后一个交待，他杀死了一只小野猪。猎人挖出野猪的心和肝，带回去给王后看。狠心的王后看到了以后发出恶毒的笑声，她马上叫人在上面放上盐把它们烧好，然后竟把那心和肝吃了下去。

白雪公主怎么样了呢？那个可怜的孩子，第一次由于命运的捉弄跑到这阴森可怕的大森林里，听到近处树上的叶子沙沙作响，远处还不时传来野兽的吼声。"怎么办呢？往哪里去呢？站在这里等死吗？还是寻找个安全的地方吧！或许能够遇到善良的人呢！"她这样想着，最后决定自己寻找出路，即使被野兽吃了也不坐在这等死。于是，她狂奔起来，带着一颗充满希望的天真的心往前奔跑。她跑过尖石，越过荆棘丛，遇到过许多野兽，但她没有怕，它们也没有伤害她。她不停地向前跑呀、跑呀，一直跑到黄昏。就在这时，就在她气喘吁吁驻足休息时，她看见前面有一座小房子。她像是看到了希望似地狂奔过去，走进房子里面。

小房子里的一切东西都很小，但很别致，并且非常干净。房子中间放着一张小桌子，上面铺着白布，井然有序地放着七个小盘子、七把小刀、七根小叉和七只小杯子，每个盘子里还有一把小调羹。墙边并排放着七张小床，上面铺着洁白的被单。白雪公主又饿又渴，为了使这里的主人不容易察觉出来，她从每个盘子里吃了一点蔬菜和面包，从每个小杯子里喝了一小口水，总算解决了饥饿问题。这时，困意袭来，两只眼睛几乎都睁不开了，她想躺在床上睡觉。但那床大的大，小的小，一直到第七张床，她躺着才正好。不一会儿，疲惫不堪的白雪公主就进入了梦乡。

天完全黑了，小房子的主人们回来了。他们原来是七个小矮人，白天出去干活，晚上才回来。他们摸进屋子里点上灯，小屋子里顿时亮了起来。当他们坐下来吃东西的时候，发现有人来过。

"有人坐过我的小椅子。"

"我盘子里的东西被谁吃了一点儿。"

"有人吃了我的小面包。"

"有人动过我的菜。"

"有人用过我的小叉子。"

……

　　大家你一言我一语地说着自己的发现，最后，他们确定有人来过他们的房子，并且偷吃了他们的东西。到底是谁呢？他们拿着七盏小灯开始检查屋子里的东西，看看有什么发现。最后，当第七个小矮人来到他的床前时，不禁大吃一惊，他小声地喊过来其他六个小矮人。他们都惊讶地说："这是谁家的孩子，这么漂亮可爱，像仙女似的。"他们都很高兴，不忍心去打扰她，就让她睡在床上。七个小矮人吃过饭后，就都睡下了。由于第七个小矮人的床被白雪公主用着，所以，第七个小矮人就同他的伙伴们一起睡，他和每人睡一个钟头，总算熬到了天亮。

　　早晨，白雪公主从梦中醒来，一看自己在这里很惊奇，过了好一会儿才想起自己昨天的遭遇。她从床上下来，看见了七个小矮人，吓了一跳，不知如何是好，睁大了眼睛看着他们。

他们非常热情地问她："你叫什么名字呢？"

"我叫白雪公主。"

矮人们又问："你是公主，为什么跑到我们这里来了？"

白雪公主见他们并没有恶意，就如实地讲述了自己的经历，从丧母到继母的迫害，从猎人给她一条生路到她狂奔了一整天，最后找到了这所小房子。矮人们为她的曲折经历深深感动了，他们说："如果你愿意照料我们，你就留下吧！为我们烧饭、铺床、洗衣服、缝补，把这屋子弄得干净、整洁就行了。"白雪公主一听，就知道自己终于找到了暂时的避难所，很高兴，她说："那好吧，我很愿意为你们服务。"于是，白雪公主有了一个住处。

每天，当小矮人们出去干活时，她就在家里收拾，把屋子里的东西整理得井井有条。晚上她做好饭菜，等着小矮人们回来，日子过得很平静。白雪公主整天一个人待在家里，那些小矮人们也很不放心，他们时常叮嘱她说："你一个人在这里要小心，你那狠心的继母早晚会知道你没死，她不会放过你的。你一个人在家的时候，把门关好呀，别让任何人进来，也千万不要和陌生人讲话。"

再来说说那位王后吧，她吃了猎人带回来的心和肝后，又自以为是世界上最美丽的女人了，非常骄傲，整天乐滋滋的。一天，她又走到魔镜前问："魔镜，魔镜子，你说谁是世界上最美丽的女人？"

魔镜回答说："王后，这里最美丽的要属你，但是在很远的森林，越过山岭，和七个小矮人住在一起的白雪公主才是世界上最美丽的。"

王后听了非常震惊，原来白雪公主没有死，原来猎人骗了她，原来她吃的不是白雪公主的心和肝。她觉得受到了莫大的侮辱，一股无名的怒火升起来，"我一定要除掉她！"她狠狠地嚷道。从此以后，王后又不得安宁了，她嫉恨白雪公主，整日整夜地想着如何害死她。

最后，恶毒的王后想出了一个坏主意。她把自己的脸涂得脏兮兮的，穿上破破烂烂的衣服，把自己打扮成卖杂货的老婆婆，打扮得让人一点儿也认不出来了。然后，她翻过七座山，跑到了森林里那座小房子跟前，她静了静气，低声骂道："你跑不了啦，死白雪公主！"

她上前敲了敲门叫喊着："卖好东西啦，你们需要什么东西吗？"

白雪公主正在屋里收拾家务，忽然听到这叫卖声，很好奇，以前从来没听到过这叫卖声。于是，她从窗口朝外望，看到了一位老婆婆，她问："亲爱的老婆婆，你好！你卖什么东西呀？"

那老婆婆说："漂亮的好东西，各种颜色的带子。姑娘，你长得这么漂亮，再配上个彩色的带子，会更加漂亮。你买一条吧，你看，多漂亮！"

说着她拿出一根带子，是用各种颜色的丝织成的。白雪公主看到那带子很喜欢，并且她觉得老婆婆很热情，一点儿都不像是坏人。于是，她打开了门，买了那根彩带。

老婆婆又说道："孩子，不用怕，我来给你戴上。"

天真的白雪公主轻易地相信了她，站在她面前，让她给自己系上彩带。但是，这位恶狠狠的老婆婆一下子用带子紧紧地勒住了白雪公主，使她透不过气来。白雪公主立即倒在地上，如死了一般。"见鬼去吧！最美丽的人。"说完，她迅速离开了那座小屋。

晚上，七个小矮人回来了，还未进门就喊着白雪公主的名字，但没有回声。他们迅速地冲进屋子，只见白雪公主一动不动地躺在那儿，像死了一样，不由得大吃一惊。他们忙蹲下来，抱起她，看见了勒得紧紧的带子，赶快找来剪刀把那带子剪断了。白雪公主慢慢呼吸起来，渐渐醒过来了。七个小矮人的心总算放了下来，忙问她是怎么回事？白雪公主向他们讲了白天的事情，他们说："你要注意呀，你的继母知道你住在这里了，那卖杂货的老婆婆就是王后扮成的。我们不在的时候，你千万别给任何人开门，千万别让任何人进来。你的生命很危险！"

那狠心肠的王后回到王宫，走到魔镜面前，得意洋洋地问："魔镜，魔镜，这回你倒是说说谁是世界上最美丽的女人？"

镜子回答说："亲爱的王后，在这里你最美丽，但是越过山岭，在七个小矮人那里的白雪公主，才是世界上最漂亮的女人。"

王后脸上的笑容顿时消失得无影无踪，她脑袋都要气炸了。白雪公主还活着，太让她气愤了。她恶狠狠地说："我一定要消灭她！"她随即又想出了一个坏主意,她用妖术做了一把有毒的梳子,她要用这把有毒的梳子陷害白雪公主。

王后又打扮成一个老婆婆,越过七座山,来到七个小矮人那里。

她又敲着门叫喊:"卖好东西了!出来看看呀,不要错过好机会。"

白雪公主从窗口望着外面说:"走吧,我们不需要任何东西!昨天上过一次当,今天我不会再上当了。"

老婆婆说:"什么昨天?我可是第一次来这里。先别说要不要,看看货色总可以吧?"

她拿出有毒的梳子,高高举着,让白雪公主看。那把梳子看起来很精致,很漂亮,白雪公主一眼就看上了。白雪公主忘记了受骗的教训,把门打开了。白雪公主买下了那把精致的小梳子,爱不释手。

老婆婆见她这么喜欢,说:"小姑娘,过来我给你用梳子梳一个新发式。这梳子很好用。”

白雪公主把梳子递给了老婆婆，让她给自己梳头，梳子刚插到头发里，毒药就起了作用，白雪公主中毒了，失去知觉，倒在了地上，一动不动。

这恶毒的老婆婆哈哈大笑起来，最后说：“最美丽的女人，你这回该见阎王爷去了吧！”说完扬长而去。

好容易到了晚上，七个小矮人从外面干活回来。他们见大门开着，觉得有点儿不对劲儿，因为昨天发生过一桩事，小矮人们心里都特别害怕。他们飞快地跑进屋里，果然看见白雪公主又上当受骗了，躺在地上一动不动，像死了一般。他们马上寻找原因，一会儿，就在头发里发现了那把有毒的梳子。他们轻轻地抽出梳子，白雪公主渐渐恢复了知觉，她含泪讲述了白天的全部经过，她非常感谢他们又一次救了她的生命。七个小矮人安慰了她一番，然后又警告她，白天要非常小心，不要给任何人开门，别受别人的诱惑，需要什么东西他们给她从外面捎回家来。白雪公主听着他们那些诚恳的话，看到他们认真严肃的表情，心里感动极了！她保证以后一定听他们的话，多加小心，不再上当受骗。然后，他们高高兴兴地吃晚饭了，像没发生过什么似的。

再说那位狠心的王后，她回到家里，带着一种胜利的喜悦，冲到魔镜面前，问道："魔镜，魔镜，这回我该是世界上最美丽的女人了吧？"

但是魔镜却说："不是的，亲爱的王后。在这里你是最美丽的，但是和七个小矮人那里的白雪公主比起来，你差得太远了。"

听到这样说，王后知道这一次白雪公主又没死，气得咬牙切齿，浑身发抖。她疯狂地嚷道："我就是死也要把你干掉！等着吧，白雪公主！"她认真地思考着，盘算着用什么方法置白雪公主于死地。

王后来到一个秘密的房间，她在那里做了一个有毒的苹果。这个苹果一半红一半白，像女人的面颊，看起来很漂亮，让人一见就想据为己有，但是，吃下去一小块就会马上死掉。

这一回，王后化装成一个勤劳善良的农妇，又去找白雪公主了。她翻过七座山来到那座小房子跟前，她敲了敲门，白雪公主从窗户里伸出头来说："你又要耍什么花招呀？你不把我害死你不肯罢休，是吗？我不会再上当受骗了，滚吧，老婆婆！"对方保持了冷静，没有说话。白雪公主也很奇怪，伸出头来仔细看。原来不是老婆婆，是一位看起来很和蔼、很善良的农妇，她站在那里正莫名其妙地看着白雪公主，好像听不懂她的话似的。

白雪公主还是保留了一些警惕，平静地说："你有事吗？"

那位农妇说："你在说什么呀，美丽的小姑娘？我一点也听不懂。我是附近的一个农民，我是卖苹果的，现在快卖完了，剩下的这一个我想送给你。"说着她拿出了那个又红又白的苹果，递给公主。

公主没有接，说："不，我不要，我不要陌生人的东西。"

农妇说："怎么？你不相信我，怕有毒？没毒，要不咱俩一人一半。"说着把苹果一分为二，她拿起白的就吃起来，同时把红的递给了白雪公主。白雪公主不想接，但看到农妇那诚恳的样子，闻着那诱人的香气，最后她还是接过了那半个红苹果。她刚刚咬了一口，就倒在地上不动了。原来那个苹果，红的有毒，白的没毒，白雪公主又中了王后的毒计。

装扮成农妇的王后脸上露出轻蔑的微笑，说："哈哈,白雪公主,你就安息吧!这回谁也救不了你了,即使有十七个小矮人也救不活你。"说完,她高高兴兴地走了。

王后回到王宫,走到魔镜跟前,说:"魔镜,魔镜,你告诉我,现在谁是世界上最美丽的女人?"

魔镜回答说:"世界上最美丽的女人,不是别人,就是你呀!"王后听了非常高兴,那颗嫉妒的心总算安静了下来。

再来说小矮人这边。小矮人回到家中,看到白雪公主僵直地躺在地上,知道她又中了王后的计。他们连忙俯下身来,一看她已经停止呼吸了,已死去多时了。他们不肯相信这个事实,他们努力想办法抢救,仔细寻找是不是又有什么有毒的东西。但是,他们忙了半天,什么也没找到,用水和酒来洗她,也没有用,白雪公主死了,永远地离开了人间。他们把她放在尸架上,痛哭起来,哭了三天三夜。他们不想把她埋在地下,他们想时时看到她。白雪公主虽然死了,但跟活着差不多,皮肤白里透着红,非常美丽。

有一个小矮人提议说:"我们别把白雪公主埋在黑暗的地下了,我们做一个透明的棺材,把她放在里面,这样我们就能天天看着她。"

其余的人都赞同他的想法，于是，他们请人做了一口透明的玻璃棺材，白雪公主躺在里面，他们在上面写下了她的名字。然后，他们把棺材抬了出去，放在山上，他们七个轮流守候着她。也许是白雪公主太不幸了，她的不幸命运感动了一切，风在呜咽，树在哭泣，有几只鸟飞来落在棺材上哭，其中有一只猫头鹰，一只乌鸦，一只鸽子，还有不知道名字的鸟。

白雪公主在棺材里躺了很长时间，但依然不改当初的容颜，样子还和从前一样漂亮。她的皮肤一直像雪一样白，头发像乌木一样黑。有一天，森林里来了一个王子，他打猎路过此地，他留在七个小矮人家里过夜。晚上，他对七个小矮人说："我在山上看见了一口玻璃棺材，里面躺着白雪公主。白雪公主真是漂亮极了！听说是你们收留了她，两次救了她的命，最后是你们安葬了她，而且还日夜守候着她。我听说了这些事十分感动。我想把这棺材买下来，你们要什么，我就给你们什么，可以吗？"

但是，七个矮人说："无论你给我们多少钱，即使你把世界上所有的金子都给我们，我们也不卖。"

王子深情地说："那么你们把她送给我吧！我从看到她的第一眼起，就深深地爱上了她，没有她我就不能活。我会尊敬她，我会好好地爱她，就像对我的爱人一样。"

心地善良的小矮人们被他的话深深地感动了，同意把棺材送给了他。王子谢过他们，就让他的仆人把它抬走。

仆人们抬着棺材在森林里走着，突然，他们被一个树桩绊了一脚，棺材震动了一下，这一下可好了，白雪公主吃下的那口有毒的苹果，被从喉咙里震了出来，落在棺材里。白雪公主的气通了，她开始喘气了，她慢慢活过来，睁开了那双美丽的大眼睛。她不知道自己在哪里，四周都是玻璃，而且自己好像被抬着走，颤悠悠的。

她推开棺材盖，坐了起来，她叫道："哎哟！我这是在哪里呀？"

王子见白雪公主活了，非常高兴，他说："你和我在一起。我是王子。"

白雪公主又问道："我怎么会在这里？你怎么找到了我？"

王子耐心地向她讲述了事情的经过，最后说："我非常非常地爱你，胜过世界上一切美好的东西，海枯石烂，我的心也不变。和我一起回王宫吧，我要娶你

为妻。"

白雪公主见王子这么善良，而且人长得也很英俊，很快就喜欢上他了。她答应了他，跟他回到王宫里。他们回到王宫立即举行婚礼，王宫内外一片热闹景象。

那狠心的王后也被请去参加婚礼。她穿上非常漂亮的服装，自以为自己比王子的新娘还漂亮，她来到魔镜前，说："魔镜，魔镜，你说世界上最美丽的女人是谁？"

魔镜回答说："你是很美丽，但王子的新娘比你美多了。"

王后听了非常生气，嫉妒之心油然升起，真不想参加王子的婚礼了，但她那颗心却安静不下来，决定去看看那位新娘有多漂亮。她走进王宫，一眼就认出了白雪公主，她吓呆了！她想逃，但来不及了。烧得火红的鞋子放到了她面前，她不得不接受惩罚，她穿着那双鞋一直在跳，直到倒在地上死了为止。

白雪公主和王子，从此过上了幸福的生活。

园丁和主人

　　离京城十四五里地的地方，有一幢古老的房子。它的墙壁很厚，并有塔楼和尖尖的山形墙。

　　每年夏天，都会有一个富有的贵族家庭搬到这里来住。这是他们所有的产业中最好和最漂亮的一幢房子。从外表上看，它好像是最近才盖的，但是它的内部却是非常舒适和安静。门上有一块石头刻着他们的族徽，这族徽的周围和门上的扇形窗上盘缠着许多美丽的玫瑰花。房子前面是一片整齐的草坪。这儿有红山楂和白山楂，还有许多名贵的花——至于花房外面，那当然更不用说了。

　　这家还有一位很能干的园丁。看看这些被那位园丁辛勤照顾的花圃、果树园和菜园，真叫人感到心情愉快。紧挨着园子的地方还有一部分没有改动，这包括那剪成王冠和金字塔形状的黄杨树篱笆。篱笆后面生长着两棵庄严的古树，它们几乎一年四季都是光秃秃的，使人很可能以为有一阵暴风曾经卷起许多垃圾撒到它们身上去。不过，这一堆堆垃圾都是些鸟窝而已。

　　很久很久以前，一群喧闹的乌鸦和白嘴雀就在这儿做窠。这地方简直像一个鸟村子，鸟就是这儿的主人，这儿最古老的家族，这屋子的所有者。在它们眼中，下面住着的人是算不了什么的。它们容忍这些步行动物存在，虽然他们有时放放枪，把它们吓得发抖和呱呱乱叫！

　　园丁常常对主人建议把这两棵老树砍掉，因为它们并不好看；假如没有它们，这些喧闹的鸟儿也可能会不来——它们可能迁到别的地方去。但是主人既不愿意砍掉树，也不愿意赶走这群鸟儿。这些东西是古时遗留下来的，跟房子有密切关系，不能随便去掉。

　　"亲爱的拉尔森，这些树是鸟儿继承的遗产，让它们住下来吧！"园丁的名字叫拉尔森，不过这跟故事没有什么关系。

　　"拉尔森，你还嫌工作的场所不够多么？整个的花圃、果树园和菜园，够你忙的呀！"

　　这就是他忙的几块地方。他热情地、内行地培育它们，爱护它们和照顾它们。主人承认他勤快，但是有一件事他们却不瞒他：他们在别人家里看到的花儿和尝到的果子，全都比自己花园里的好。园丁听到非常难过，因为他总是想尽一切办法把事情做好的，而

　　事实上他也尽了最大的努力。他是一个好心肠的人，也是一个工作认真的人。

　　有一天主人把他喊去，温和而严肃地对他说：前天他们去看望一位有名的朋友，这位朋友拿出来待客的几种苹果和梨子是那么香、那么甜，所有的客人都啧啧称赞，羡慕得不得了。这些水果当然不是本地产的，不过假如我们的气候准许的话，那么就应该设法

移植过来，让它们在此地开花结果。大家知道，这些
水果是在城里一家最好的水果店里买来的。因此，园
丁应该骑马去打听一下，问问这些苹果和梨子是什么
地方的产品，同时设法订购些幼苗或能嫁接的插枝来
栽培。

　　园丁跟水果商非常熟，因为园里种着果树，每逢
主人吃不完果子，他就把剩下的果子拿去卖给这个商

人。园丁到城里去，向水果商打听这些第一流苹果和梨子的来历。

"这些就是从你的园子里弄来的！"水果商说，同时把苹果和梨子拿给他看。他马上就认出来了。

嗨，园丁多高兴呀！他急匆匆地赶回去，告诉主人说，苹果和梨子都是他们园子里的产品。

主人根本不相信园丁的话。"拉尔森，这是不可能的！你能叫水果商给你一份书面证明吗？"

这倒不难，他很快地取来了一份书面证明。

"这真出乎意料！"主人说。

于是，主人整箱整箱地把果子送给城里城外的朋友，甚至还送到了国外。这真是件值得自豪的事。

过了一些时候，有一天主人参加宫廷里的宴会。他们在宴会中吃到了皇家温室里生长的西瓜——又甜又香的西瓜。第二天主人把园丁喊进来。

"亲爱的拉尔森，请你跟皇家园丁说，替我们弄点这种鲜美的西瓜的种子来吧！"

"但是皇家园丁的种子是问我们要去的呀！"园丁高兴地说。

"那么皇家园丁一定知道怎样用最好的方法培植出最好的瓜了！"主人回答说。"他的瓜好吃极了！"

"这样说来，我倒要感到骄傲呢！"园丁说，"我可以告诉您老人家，皇家园丁去年的瓜种得并不太好。他看到我们的瓜长得好，尝了几个以后，就定了三个，叫我送到宫里去。"

"拉尔森，千万不要说这就是我们园里产的西瓜啦！"

"我有根据！"园丁说。

于是他向皇家园丁也要来了一份书面证明，证明皇家餐桌上的西瓜是这位贵族园子里的产品。

这在主人看来真是一桩惊人的事情。他们并不保守秘密。他们把证明给大家看，把西瓜子到处分送，正如他们从前分送插枝一样。

关于这些树枝，他们后来听说成绩非常好，都结出了鲜美的果子，而且还用他们的园子命名。这名字现在在英文、德文和法文里都可以读到。

这是谁也没有料到的事情。

"但愿我们的园丁不要自以为了不起就得了。"主人说。

不过园丁有另一种看法：他要让大家都知道他的名字——全国最好的园丁。他每年设法在园艺方面创造出一点特别好的东西来，而且事实上他也做到了。

不过他常常听别人说，他最先培养出的一批果子，的确是最好的，但以后的品种就差得远了。西瓜确确实实是非常好的，不过这是另外一回事。草莓也可以说是很鲜美的，但并不比别的园子里产的好多少。有一年他种萝卜失败了，这时人们只谈论着这倒霉的萝卜，而对别的好东西却一字不提。

看样子，主人说这样的话的时候，心里似乎倒感到很舒服："亲爱的拉尔森，今年的运气可不好啊！"

他们似乎觉得能说出"今年的运气可不好啊！"这句话，是一桩愉快的事情。

园丁每星期到各个房间里去换两次鲜花；他把这些花布置得非常有品味，使它们的颜色互相辉映，以衬托出它们的娇艳。

"拉尔森，你很有品味，"主人说，"不过，这是仁慈的上帝赐予你的一件礼物，不是你本身就有的！"

有一天园丁拿着一个很大的水晶盆进来，里面浮着一片睡莲的叶子。叶子上有一朵像向日葵一样鲜艳的蓝色的花——它的又粗又长的梗子浸在水里。

"印度的莲花！"主人不禁发出惊奇的叫声。

他们从来没有看见过这样的花。白天它被放在阳光里，晚上被放在灯下。凡是看到的人都认为它是出奇的美丽和珍贵，甚至这国家里最高贵的一位小姐都这样说。她就是公主——一个聪明和善的人。

主人荣幸地把这朵花献给她，于是这花便和她一道到宫里去了。

现在主人要亲自到花园里去摘一朵同样的花——如果他找得到的话。但是他怎么也找不到，因此就把园丁喊来，问他在什么地方弄到这朵蓝色的莲花的。

"我们怎么也找不到！"主人说。"我们到温室里去过，到花园里的每一个角落都去过！"

"唔，在这些地方你当然找不到了！"园丁说。"它只不过是菜园里的一种普通的花！不过，老实讲，它不是够美的么？它看起来像仙人掌的蓝花，但事实上它不过是一朵叫朝鲜蓟的菜花。"

"你早就该把实情告诉我们！"主人说，"我们以为它是一种稀有的外国花。你在公主面前拿我们开了一个大玩笑！她一看到这花就觉得很美，但是却不认识它。她对于植物学很有研究，不过科学和蔬菜是联系不上来的。拉尔森，你怎么会想起把这种花送到房间里来呢？我们现在成了一个笑柄！"

于是这朵从菜园里采来的美丽的蓝色的花，就从客厅里拿走了，因为它不是客厅里的花。主人对公主

道歉了一番，同时告诉她说，那只不过是一朵菜花，园丁一时心血来潮，就把它献上，他已经把园丁痛骂了一顿。

"这样做是不对的！"公主说，"他叫我们睁开眼睛看一朵我们从来不注意的、美丽的花。他把我们想不到的美指给我们看！只要朝鲜蓟开花，御花园的园丁每天就得送一朵到我房间里来！"

事情就这样照办了。

主人告诉园丁说，他现在可以继续送新鲜的朝鲜蓟到房间里来。

"那的确是美丽的花！"男主人和女主人齐声说。"非常珍贵！"

园丁受到了称赞。

"拉尔森喜欢这一套！"主人说，"他简直是一个惯坏了的孩子！"

秋天来了，有一天起了一阵可怕的暴风。暴风吹得非常厉害，一夜就把树林边上的许多树连根吹倒了。一件使主人感到悲哀——是的，他们把这叫做悲哀——但使园丁感到快乐的事情是：那两棵布满了鸟雀窠的大树被吹倒了。人们可以听到乌鸦和白嘴雀在暴风中哀鸣。屋子里的人说，它们曾经用翅膀扑打过窗子。

"拉尔森，这回你可高兴了！"主人说，"暴风把树吹倒了，鸟儿都迁到树林里去了，古时的遗迹全都没有了，所有的痕迹和纪念都不见了！我们感到非常地难过！"

园丁什么话也不说，但是他心里在盘算着他早就想要做的一件事情：怎样利用他从前没有办法处理的这块美丽的、充满了阳光的土地。他要使它变成花园的骄傲和主人的快乐。

大树在倒下的时候把老黄杨树篱笆编成的图案全都毁掉了。他在这儿种出一片浓密的植物——全都是从田野和树林里移来的本乡本土的植物。

别的园丁认为不能在一个府邸花园里大量种植的东西，他却种植了。他把每种植物种在适宜的土壤里，同时根据各种植物的特点种在阴处或有阳光的地方。他用深厚的感情去培育它们，因此它们长得非常茂盛。

从西兰荒地上移来的杜松，在形状和颜色方面长得跟意大利柏树没有什么分别；平滑的、多刺的冬青，不论在寒冷的冬天或炎热的夏天里，总是青翠可爱。前面一排长着的是各种各色的凤尾草，有的像棕榈树的孩子，有的像我们叫做"维纳斯的头发"的那种又细又美的植物的父母。这儿还有人们瞧不起的牛蒡，它是那么新鲜美丽，人们简直可以把它扎进花束中去。牛蒡是种在干燥的高地上的，在较低的潮地上则种着款冬，这也是一种被人瞧不起的植物，但它纤秀的梗子和宽大的叶子使它显得非常雅致。五六尺高的毛蕊花，开着一层一层的花朵，昂然地立着，像一座有许多枝干的大烛台。这儿还有车叶草、樱草花、铃兰花、野水芋和长着三片叶子的、美丽的酢酱草。这儿真是一片令人神往的美景啊！

从法国土地上移植过来的小梨树，支在铁丝架上，成行地立在前排。它们得到充分的阳光和培养，因此很快就结出了甘甜可口的大果子，好像是本国产的一样。

在原来是两棵老树的地方，现在竖起了一根很高的旗杆，上边飘着丹麦国旗。旗杆旁边另外有一根杆子，在夏天和收获的季节，啤酒花藤开着芬芳的花缠绕在上面。但是在冬天，根据古老的习惯，它上面挂着一束燕麦，好使天空的飞鸟在快乐的圣诞节能够饱吃一餐。

"拉尔森越老越感情用事起来，"主人说，"不过他对我们是真诚和忠心的。"

新年的时候，城里有一个画刊登载了一幅关于这幢老房子的画片。人们可以在画上看到旗杆和为鸟雀过欢乐的圣诞节而挂起来的那一束燕麦。画刊上说，尊重一个古老的风俗是一种美好的行为，而且这对于一个古老的府邸说来，是很相称的。

"这全是拉尔森的成绩，"主人说，"他的工作受到了人们的称赞，他是一个幸运的人！我们因为有了他，几乎也要感到骄傲！"

但是他们却不感到骄傲！他们觉得自己是主人，他们可以随时把拉尔森解雇。不过他们没有这样做，因为他们是好心肠的人——而他们这个阶级里也有许多好人——这对于像拉尔森这样的人说来也算是一桩幸事。是的，这就是"园丁和主人"的故事。

你现在可以好好地想一想。

蜗牛与玫瑰树

　　这是乡下的一个很大的花园，花园的篱笆外面是广阔的田野和草场，许多牛羊在草场上悠闲地吃草。在花园中有一株玫瑰花树，树底下住着一只蜗牛。

　　这蜗牛真是个天生的大懒虫，它不仅什么事情都不做，而且什么事情也不会做。不过，它对自己的这种行为还有非常充足的理由，它总是说：

　　"等着瞧吧，到时候我一定能开好几次花，结好多次果，不然就像牛

羊一样,产出一些奶来。这对于我来说都是轻而易举的事情。"

玫瑰树听了蜗牛的话说:

"你总是这样说,你让我等着瞧的事情可真不少,但是我不知道你说的这些话什么时候才能成为现实,你告诉我一个具体时间行吗?"

蜗牛听了,不耐烦地说:

"这个,我自然心里有数!"

一年过去了,再看蜗牛,仍然躺在原来住的地方,

仍是那副懒洋洋的老样子，仍在玫瑰花树下晒太阳。不过此时的玫瑰花树又冒出新花蕾，不久便开出了鲜艳的花朵。

新的一年又开始了，万物欣欣向荣。玫瑰花吐蕊开花，又散发出迷人的香气，引得无数人们来到花园中观赏。

蜗牛看到外面好热闹，便也钻出土来，伸伸触角，可是马上又缩了回去。不过，在它缩回身体之前，它好像有了什么新发现。它对玫瑰树说：

"现在你已经成了一株老玫瑰树了，你应该早做些准备，好去安息了。唉，看你可真够可怜的！"

玫瑰树却说：

"我可不认为自己有什么可怜的，你为什么要这样说呢？"

蜗牛一听玫瑰树的反问，一下装得深奥起来，它摇头晃脑俨然一副哲学家的派头，它说：

"是的，你是无法回答我的问题的。因为你从来不肯动脑筋去思考问题，特别是应该如何生存的问题。你想一想，你为什么要开花？你的花是如何开出来的？你开出的花为什么是这样的，而不是那样的"

玫瑰树认真地思考了一会儿说：

"是的,这些问题我确实没有思考过,也没有做过研究。不过,我可以把我的想法告诉你!"

蜗牛好奇地问:

"那我倒愿意听听你有什么想法。"

玫瑰树回答道:

"我在快乐中开花,因为我非开不可。太阳是那么温暖,空气是那么清新。我喝着纯洁的露水和可口的雨水,从泥土中得到力量,于是我感到一种快乐在不停地增长,结果我就不能不开花了,不得不吐蕊了。我今天开了,明年还要开,这就是我的全部生活。"

蜗牛感叹地说:

"这样看来你的生活真是又快乐又轻松。"

玫瑰树说:

"正是这样,我觉得什么都令我满足,什么都是十分美好的!"

蜗牛听了玫瑰树的话,有些不好意思,它低声地抱怨:

"世界不关心我,我和世界没什么关系。我自己和我身体里的那些东西,对于我来说已经足够了!"

玫瑰树却说:

"但是,在这个美好的世界上,你拿什么东西回报呢？你能拿出什么东西来呢？"

蜗牛吐了一口唾沫，说：

"我只对这个世界吐一口唾沫！因为这个世界一点用处也没有。"

说着，蜗牛又缩回到它地下的屋子里去了，并且把门紧紧地关上了。

玫瑰树看看蜗牛，痛心地摇着头道：

"真令人伤心。它只会懒懒地呆在那里。可是我的花瓣能被风带到远方去，它会被美丽少女夹在她心爱的日记本中；我的花瓣会贴在一个天真孩子的嘴唇上，他会快乐地亲吻我。我觉得，只有这样的生活才是幸福的、真正的生活。"

玫瑰树继续开着花，尽情地释放它的芬芳，而蜗牛缩在他的房子里——世界和它没有关系。

就这样，日复一日，年复一年……

灰 姑 娘

　　从前有一个有钱人，他的妻子病了，她知道自己的病很重，活不了多久了，于是就把自己的独生女儿叫到床前来，说："好孩子，你记住吧，对人处世都要虔诚、善良，上帝会保佑你的！"说完，她就闭上了眼睛，去世了。女孩牢记母亲的话，但她还小，舍不得母亲，总是到母亲的坟上哭泣。冬天来了，雪像一块白毯子盖在坟上，当春天的太阳把白毯子扯下来的时候，这有钱人又娶了另外一个女人做他的妻子。

　　那女人带了自己的两个女儿一同到这有钱人的家里来。那两个女孩虽然漂亮，但是心肠很坏。从此，这有钱人的小女儿就受苦了。后母带来的两个女孩对

小女孩的父亲说:"难道这蠢丫头可以跟我们一起坐在客厅里吗?她要吃饭,必须自己去用劳动赚来。叫她这个厨房里的小丫头,走出去吧!"

于是,姐妹俩夺去了小女孩的漂亮衣服,给她穿一件灰色的旧裙子和一双木屐。她们嘲笑她说:"你们看,这个骄傲的公主打扮得这样漂亮!"她们笑着带她到厨房里去。她在那里从早到晚做着苦工,天还没有亮就起来挑水、生火、煮饭、洗衣服。除此以外,后母带来的两个女孩还想出种种方法来捉弄小女孩。她们跟她开玩笑,把豌豆和扁豆倒在灰里,使她不得不再从灰里拣出来。晚上,她做得很疲倦的时候,没有床可以睡,只得躺在灶旁的灰里。因此,她总是满身灰尘,很脏,她们就叫她"灰姑娘"。

有一次,父亲要到市场上去。他问两个继女要他带些什么东西回来。一个说:"我要漂亮的衣服。"第二个说:"我要珍珠和宝石。"父亲又问:"灰姑娘,你要什么呢?"

"爸爸,你回家的时候,请你把碰着你帽子的第一根树枝折下来带给我。"

父亲给两个继女买了漂亮的衣服、珍珠和宝石。在回来和路上,他骑马穿过一座绿色的丛林。一根榛树的丫枝挨着他,把他的帽子碰掉了。他就把这根丫枝折下来带回来。他到了家里,把两个继女希望得到的东西给了她们,把榛树枝给了灰姑娘。灰姑娘谢了父亲,把树枝种在母亲坟上。哭了,眼泪不断地落下来,把树枝都浸湿了。于是树枝长大起来,变成一棵美丽的树。灰姑娘每天到树下去三次,每次有一只白鸟飞到树上来。如果她说出一个愿望,小鸟就把她希望的东西丢给她。

有一次,国王要连续三天举行一个盛大的宴会,邀请国所内有漂亮的年轻姑娘来参加,为了给他的儿子选一个未婚妻。后母带来的姐妹俩听到她们也被邀请,很是高兴,就对灰姑娘说:"给我们梳梳头发,擦擦鞋子,再把皮带上的扣子缝缝好,我们要到王宫里去参加宴会呢。"灰姑娘照着她们的话做了,但是她哭起来,因为她也想一起去跳舞,就请求继母准许她参加。继母说:"灰姑娘,你满身都是灰尘,脏得很,你要去参加宴会吗?你没有衣服和鞋子,也要去跳舞吗?"但灰姑娘还是不断地哀求,继母终于说:"我倒一碗扁豆在这里,如果你在两个小时内把它们拣出来,就让你一起去。"

灰姑娘答应了她,就从后门走到花园里,叫道:

"乖乖的鸽子们、斑鸠们,天空里所有的鸟儿们,请你们都来帮助我把扁豆拣出来。好的拣在盆子里,坏的吞到肚子里。"

于是两只白鸽从厨房的窗子里飞了进来,后面跟着斑鸠,最后天空里所有的小鸟都唧唧喳喳,成群结队地飞了进来,落到灰姑娘的四周。鸽子低下头去"匹克匹克"地啄着,其余的小鸟也"匹克匹克"地啄着,把所有好的扁豆都拣在盆子里。一小时刚刚过去,它们已经拣完所有的豆子飞出去了。

于是女孩拿着盆子去找继母,心里很高兴,以为她可以一起去参加舞会了。但是继母说:"不行,灰姑娘,你没有衣服,不能跳舞,你要被人家嘲笑的。"

女孩又哭,继母说:"如果你在一小时内,把两碗扁豆从灰里干干净净地拣出来,就让你一同去。"灰姑娘答应了。继母心里想:"这一回她绝对办不到了。"她把两碗扁豆倒到灰里。

灰姑娘从后门到花园里去,叫道:"乖乖的鸽子们、斑鸠们,天空里所有的鸟儿们,都来帮助我吧,把扁豆拣出来,好的拣在盆子里,坏的吞到肚子里。"

于是两只鸽子从厨房的窗子里飞了进来,后面跟着斑鸠。最后,天空里所有的小鸟都唧唧喳喳成群结队地飞了进来，落到灰姑娘的四周。鸟儿们低下头去开始"匹克匹克"地啄着，把所有好的扁豆都拣在盆子里。不到半小时，它们已经拣好了，飞了出去。女孩把盆子拿到继母那里，心里很高兴，以为她可以一起去参加舞会了。但是继母说："一切都没有用，不准你同我们一起去，因为你没有衣服，不能跳舞。；如果你去了，我们就很难为情。"说罢，她回转身去不理她，带着两个女儿急急忙忙地走了。

继母带着她的两个女儿跳舞去了，父亲也去了。现在家里没有别人了，灰姑娘就到榛树底下母亲的坟前叫道："小榛树，请你动一动，请你摇一摇，把金银制成的衣服给我朝下抛。"

鸟儿把一件金银制成的衣服和一双用丝线和银线织成的舞鞋丢下来给她。她急忙穿着参加舞会去了。她的继母和姐妹们都认不出她，以为她是一个外国的公主，因为她穿着金衣服，非常美丽。她们根本没有想到这是灰姑娘，还以为灰姑娘正坐在家里的垃圾堆旁，从灰里拣着扁豆呢。王子向灰姑娘走过来，和她握手，和她跳舞。他不愿意再和别的姑娘跳舞了。王子紧紧握住她的手不放。如果有别人来邀请她跳舞，他就说："这是我的舞伴。"

灰姑娘一直跳到晚上。要回家了,王子说:"我陪你一起去吧。"他要看看这位美丽姑娘是哪一家的。但是她从他那里逃脱了,跑到她家后面鸽房里去。于是王子站在原地等候,等到灰姑娘的父亲回来,王子

告诉他有一位不知名的姑娘跑到鸽房里去了。父亲想："难道是灰姑娘吗？"他把鸽房打开，里面没有人。当继母、姐妹都回到家里的时候，灰姑娘穿着脏衣服，躺在灰里，在墙洞里点着一盏淡弱的油灯。原来灰姑娘从鸽房后面很快地跑出去，跑到榛树跟前。她在那里脱下了美丽的衣服，放在坟上，鸟就来把它拿回去。她把灰色的旧褂子又穿了起来，回到厨房里去，坐在灰里面。

第二天，宴会又开始了。父母和姐妹走后，灰姑娘走到榛树跟前，说："小榛树，请你动一动，请你摇一摇，把金银制成的衣服给我朝下抛。"

鸟儿又丢下来一件比昨天还要美丽得多的衣服。她穿着这件衣服参加舞会，每个人看见她这样漂亮都很惊奇。王子一看见她来到，马上握住她的手，和她跳舞，不再和别的姑娘跳了。如果别的人来邀请她跳舞，他就说："这是我的舞伴。"

晚上她要走的时候，王子跟着她，要看看她走到哪幢房子里去。但是她又从他那里逃脱了。逃到屋后的花园里去。园里长着一棵美丽的大树，结着非常好的梨子。她像松鼠一样敏捷地爬到树枝当中，王子不知道她到哪里去了。他等到灰姑娘的父亲回来，向他

说："那位不知姓名的姑娘又逃走了，我相信她逃到
梨树上去了。"父亲想："难道是灰姑娘吗？"他去拿了
梯子，爬上树，但是树上没有人。原来她从树的另一
边跳下来，把漂亮的衣服又交给了榛树上的鸟儿，穿
上她的裙子走了。

第三天，父母、姐妹都出门了，灰姑娘又到她母亲
的坟前，向小榛树说："小榛树，请你动一动，请你摇

一摇,把金银制成的衣服给我朝下抛。"

于是鸟儿丢下一件衣服和一双舞鞋给她。那件衣服比上两件更加美丽、更加灿烂;那双舞鞋竟是一双水晶鞋。她穿了这件衣服去参加舞会,人们都被她的美貌惊呆了,不知道说什么话才好。王子只和她跳舞。到了晚上,灰姑娘要回家,王子要陪着她一起走,她很快就又从他那里逃脱了,他跟不上她。但是这一次王子用了一个计策,预先叫人把整个楼梯涂上了柏油,因此灰姑娘逃下楼去的时候,左脚的舞鞋被柏油粘住了,留在那里。王子把它拾了起来,看见它小巧、精美,完全是水晶的。第二天早晨,他带着它到灰姑娘的父亲那里,向他说:"哪一位姑娘穿得上这只鞋子,就可以做我的妻子。"继母的两个女儿听了这话,都很欢喜,因为她们的脚长得很好看。

大姐姐拿着鞋子到房间里去试穿,母亲站在旁边看着她。但是她的脚大,鞋子太小,穿不进去。

于是母亲给她一把刀子,说:"把脚趾头削下来吧,你做了王后,就用不着步行了。"女孩削下脚趾后,勉强把脚穿到鞋子里,忍着痛走出来见王子。王子就把她当做自己的未婚妻,扶她上马,带了她骑着马走了。但是他们必须经过灰姑娘母亲的坟前,两只

鸽子蹲在榛树上叫道："不是她，不是她，这鞋子给她穿太小了，真新娘还坐在家里呢。"

王子看看她的脚，看见血正在流出来，他拨转马头，把假新娘送回家，说这个不是真新娘，叫她妹妹穿那只鞋子。妹妹到房间里去，运气很好，脚趾头穿到鞋里去了，但是脚后跟太大了，穿不进去。母亲给她一把刀子，说："把脚后跟削去一点儿，如果你做了王后，就不用步行了。"

妹妹把脚后跟削去了一块，勉强把脚放进鞋子里，忍着痛走出去见王子。

王子把她当做他的新娘，扶她上马，带了她骑着马走了。

他们走过榛树前面的时候，两只鸽子坐在上面又叫道："不是她，不是她，水晶鞋里有血，这鞋子给她穿太小了，真新娘还坐在家里呢。"

王子朝下看看她的脚，看见血从鞋子里流出来，白袜子从下到上都染红了。他拨转马头，把假新娘送回家去。他说："这个也不是真新娘，你们没有别的女儿吗？"

"有。"灰姑娘的父亲说，"我前妻生的一个小得可怜的灰姑娘，不过，她是不可能做新娘的。"

王子叫他把灰姑娘喊到面前来，继母回答说："啊，不行，不行，她太脏了，不能见人。"但是王子坚决要见她。她只好喊灰姑娘出来。灰姑娘洗干净了手和脸去见王子，向他鞠躬，王子把水晶鞋递给她。她坐到一张凳子上，脱下笨重的木屐，穿上水晶鞋，非常合适。她站起来的时候，王子看见了她的面貌，认得她就是和他跳过舞的那个美丽的姑娘，于是叫道："这是真新娘！"继母和两个妹妹大吃一惊，脸都气白了。王子把灰姑娘扶上马，带了她骑马走了。他们从榛树前面走过的时候，两只白鸽叫道："太好了，太好了，水晶鞋里面没有血，这鞋子不大不小，是真新娘穿着了。"它们叫罢，飞下来，蹲到灰姑娘的肩膀上，一只在后边，一只在左边。

王子举行婚礼时，两个坏姐姐也来了，她们想奉承她，分享她的幸福。当新婚夫妇来到教堂，姐姐在右，妹妹在左，却被两只鸽子啄掉了一只眼睛，受到了应有的惩罚。

面包房里的猫

　　从前有一位上了年纪的琼斯太太，她养了一只猫，名叫莫格。琼斯太太在一个小镇里开了一家面包房，那个小镇就在两山之间的山谷下面。

　　每天早晨，镇上的人都还在睡觉，琼斯太太的灯就最先亮了，因为她得早起，起来烤成面包、甜面包、果酱面包和威尔斯蛋糕。

　　琼斯太太起床后先把炉子生旺，再用水、白糖、酵母来和面，然后把面团搁在盆里，放到火边上好去发酵。

　　莫格也起得很早，它起来捉老鼠。等它把所有的老鼠都赶出了面包房，就想卧到炉子边上暖和暖和。可是琼斯太太不让它上那儿去，因为生面包正在那里发酵呢！

　　她说："你可别坐到甜面包上，莫格。"

　　生面包发得很好，又大又光洁，这都是酵母的作用。酵母使面包和蛋糕膨胀起来，越胀越大。

　　既然不让莫格在炉子边上坐，那它只好到水池里去玩。

　　一般的猫都讨厌水，可是莫格不。它喜欢水，喜欢坐在水龙头边上，用爪子去打落下来的水滴，把水弄得满胡子都是！

莫格长得什么样儿呢？它的后背、身体两侧、四肢、脸、耳朵和尾巴都是桔子酱色的，肚皮、爪子都是白的。尾巴尖上有一缕白毛，耳朵上有一道白边，还长着白胡须。水打湿了它身上的皮毛，看起来象狐狸皮一样，爪子和肚皮又白又光。

琼斯太太说："莫格，你太淘气了。面团发得好好的，可你怎么把水都甩到上面去了。快出去，到外边玩去。"

莫格觉得很委屈，耷拉着耳朵和尾巴（猫在高兴的时候都把耳朵和尾巴竖起来），走了出去，天上正下着倾盆大雨。

湍急的河水流过镇中心，河床里有很多石头，莫格蹲在水里找鱼吃。可是那段河里并没有鱼。莫格身上越来越湿，它没有在意。突然，它打了一个大喷嚏。

这时，琼斯太太开门喊着："莫格！我已经把甜面包放进烤炉了，你可以回来坐在火炉边上了。"

莫格混身都湿透了，发着亮，好象涂了一层油。它坐到火炉边上，一连打了九个大喷嚏。

琼斯太太说："哎呀，莫格，你着凉了吧？"

她用毛巾把莫格的毛擦干，又喂它喝了一点掺着酵母的牛奶。人身体不舒服的时候，吃点酵母是有好处的。

她让莫格在火炉边上坐着，又动手做果酱面包了。等她把果酱面包放进烤炉，就带着雨伞去商店买东西。

可是你猜猜，莫格出了什么事？

酵母把莫格发起来了。

它在温暖的火炉边打瞌睡的时候，身体胀得越来越大。

起初它大得像一只绵羊。

后来它大得像一头驴子。

后来它大得像一匹拉车的马。

后来它大得像一头大河马。

这时候，琼斯太太的小厨房已经装不下它了，它个子太大了，根本走不出门去，把墙壁都撑裂了。

琼斯太太提着篮子和雨伞回家一看，不禁大叫起来：

"天哪！我的房子怎么了？"

整座房子都膨胀起来，歪七扭八的。厨房窗户里伸出粗大的猫胡子，大门里伸出桔子酱色的大尾巴，白爪子从卧室里的一个窗户伸出来，另一个窗户里伸出带白边的耳朵。

"喵？"莫格睡醒了，伸一个懒腰。

这一来，整座房子都塌了。

"哎呀，莫格！"琼斯太太生气地叫道，"看看你干了些什么。"

镇上的人们看到这情况非常震惊，他们让琼斯太太搬到镇公所去住，因为他们都非常喜欢她和她的甜面包，但是他们对莫格可不大放心。

镇长说："它要是没完没了地长，最后把镇公所也撑破了怎么办呢？要是它变得非常凶暴怎么办呢？它住在城里是很不安全的，它太大了。"

琼斯太太说："莫格是一只很温和的猫，它不会伤害任何人的。"

镇长说："那咱们等等再看吧！要是它一屁股坐在人头上怎么办呢？它饿了怎么办呢？给它吃什么呢？最好还是让它到城外去，到山上去住。"

人们都叫嚷着"嘘！滚！呸！嘘！"于是，可怜的莫格被赶出了城门。雨下得那么大，山上的水冲下来，莫格倒不怕这个。

然而，可怜的琼斯太太伤心极了，她在镇公所里又和了一块面，眼泪流进去，面团变得又软又咸。

莫格走进了山谷，这时候它已经胀得比大象还大了——几乎有鲸鱼那么大！山上的绵羊看到它走来，

　　吓得要死,飞奔着逃命去了。莫格可没有注意到它们,它正在河里捉鱼。它捉了好多好多鱼,心里快活极了。

　　雨下得太久了,莫格突然听到山谷上边传来洪水的咆哮声,巨大的墙向它扑来。河水泛滥了,越来越多的雨水灌进河里,从山上奔流直下。

　　莫格心想:"我要是不把水拦住,那些好吃的鱼就都得被冲走了。"

　　于是,它一下子坐到山谷中间,把身体伸展开,活像一块又大又胖的大面包。

　　洪水被挡住了。

　　城里的人们听到洪水的咆哮声,害怕极了!镇长大声喊道:"趁着洪水还没冲到城里,大家都跑上山去,不然我们全都得被淹死!"

　　于是,大家都往山上跑,有人跑到这边山上,有人跑到那边山上。

　　他们看到什么了呢?

　　喔唷,莫格在山谷中间坐着,它身后是一个大湖。

　　"琼斯太太,"镇长说,"你能不能让你的猫先待在那儿别动,好让我们在山谷里修一条水坝,把洪水挡住?"

　　"我试试吧!"琼斯太太说,"在它下巴底下挠挠,它就会老老实实地坐着。"

　　于是，大家轮流用干草耙在它下巴底下挠，一直
挠了三天三夜。莫格高兴地呜呜叫着，叫着，它的叫声
掀起了一个又一个巨浪，从洪水湖上滚滚而过。　这
些天，最好的工匠们不停地在修一座横跨山谷的特大
水坝。

　　人们还给莫格带来各种各样好吃的东西——一碗碗的奶油、奶酪、肝、腌肉、沙丁鱼，甚至还有巧克力！可它已经吃了好多鱼了，所以并不太饿。

　　到了第三天，水坝修好了，城市安全了。

　　镇长说："现在我认为莫格是一只很温和的猫，它可以同你一起住进镇公所了，琼斯太太。把这个奖章给它戴上。"

　　奖章上有一条银练子，可以挂到脖子上。上面刻着：莫格救了我们的城市。

　　从那以后，琼斯太太和莫格就快活地住在镇公所里。假如你到卡莫格小镇去，就可以看到，早上莫格要去湖里捉鱼吃的时候，警察会断绝交通请它独自通行。它的尾巴在房顶上摆来摆去，胡须碰得楼上的窗户咔嗒咔嗒响。但是，大家都知道它不会伤人，因为它是一只很温和的猫。

　　它爱到湖里玩，有时候把身上弄得太湿了还会打喷嚏，然而琼斯太太再也不给它吃酵母了。

　　莫格已经够大的了！

大拇指

从前，有一个贫苦的农民，他和妻子结婚好多年了，可一直没有孩子。有一天，农民坐在灶旁烧火，沮丧地说："唉，我们我们现在都还没有孩子，真让人伤心。别人家有孩子多么热闹，充满了生气，我们家却冷清得让人发慌。"正在纺线的妻子叹了口气，说："是啊，但愿上帝赐给我们一个孩子，哪怕是像拇指那么大的小不点，我也很满意了。我一定会打心眼里爱他的。"

不久，妻子就感到浑身不舒服，七个月后，她生了个男孩。

这男孩是那么小，个子只有大拇指那么高，夫妻俩就给他取名叫"大拇指"。爸爸妈妈不断地用有营养的食物喂孩子，可是他总也不见长高，老是像生下来时那么大小。不过他可聪明伶俐了，无论做什么事，都干得很漂亮。

有一天，农民打算到森林里去砍柴。他自言自语道："如果有人帮我把车子送到林子里去就好了。"大

拇指听了,立刻叫道:"哦,爸爸,我帮你把车送去,你放心,一定会按时送到的。"父亲痛爱地说:"不行啊,你太小了,没法拉缰绳赶马。"

大拇指满有信心地说:"我有办法,爸爸,只要妈妈套好马,我就坐在马耳朵里吆喝它,指挥它拉车。"

父亲回答说:"好吧,那我们就试试吧。"到该送车时,妈妈套好马车,把大拇指放在马耳朵里,他大声吆喝道:"驾——驾——吁"。马很听话地拉着车往前走,就像是个老手在赶车一样。车子顺着大路向森林走去,这时迎面来了两个陌生人。其中一个人说:"天啊,这是怎么回事?马车在走,车夫在吆喝,但却看不见人。"另一说:"这太奇怪了。我们跟着这车去看个究竟。"两个人跟着车子走到森林里,来到农民砍柴的地方。车子停了下来,就听到一个声音喊道:"爸爸,你瞧,我把车子赶来了,快把我抱下马。"父亲左手牵住马,右手从马耳朵里掏出了小儿子。大拇指坐在一根麦秆上,非常开心看着这一切,两个陌生人惊讶得不知说什么好。

两人悄悄商量道:"这个小人可以帮助我们赚很多钱,我们把他带到大城市去展览,准能发财。我们把他买下来吧。"于是,两人就走到农民跟前,说:"把这个小不点儿子卖给我们吧，我们一定让他快乐幸福。"父亲头直摇："不行，他是我的命根子，给一座金山也不卖。"大拇指听了他们的谈话，就顺着父亲的衣服皱褶爬上他的肩膀，附在父亲耳朵边悄悄地说："爸爸，你尽管把我卖给他们，我有办法跑回来。"父亲就把他交给了那两个陌生人，得了一大笔钱。陌生人问大拇指坐在哪儿，大拇指说："把我放在你们的帽檐上吧，我可以在上面散散步，看看风景。"于是，大拇指向父亲告别，坐在陌生人的帽檐上出发了。

走了一会儿，大拇指突然叫道："喂，停一停，把我放下地，我要撒尿。"陌生人说："你就在上面撒吧，没关系的，有时候小鸟还在我身上拉屎呢！"大拇指说："不行，在你头上撒尿多没礼貌，快放我下地。"陌生人只好摘下帽子，把大拇指放在地上。大拇指在土旮旯中间跳来跳去，找到了一个老鼠洞，就一下子钻了进去，然后对两个陌生人嘲笑道："先生们，晚安，你们两手空空回去吧，我要留在这儿了。"两个陌生人急忙用棍子来捅老鼠洞，可是大拇指早已爬到洞的深处去了，两人折腾了半天，毫无办法，看看天已黑了，只好垂头丧气地回去了。

大拇指听听外面半天没动静，就悄悄地爬了出来。他想，黑灯瞎火的走路很危险，弄不好会跌到水沟里，等天亮再走吧。他找了一个空蜗牛壳，爬进去躺在里面，准备美美地睡上一觉。这时，他听见有两个人的脚步声和对话声传来，一个人说："我们得想个什么主意，把那教士的金子和银子弄到手。"大拇指立刻插嘴道："我告诉你们一个好办法。"那两个小偷吓了一跳，惊慌地问："是谁在说话？我们怎么看不见你？"大拇指说："是我在说话。你们带上我，我可以帮助你们。""你在哪儿呢？""我在地上，在一个蜗牛壳里，就在你们身后的路边。"两个小偷俯下身，顺着大拇指的声音，终于找到了他。一看是这么丁点小的人，小偷说："你这么丁点大，怎么能帮助我们呢？"大拇指说："听我说，我可以从铁栅栏的间隙中爬到教士的屋里，把你们要的东西拿出来。"小偷们觉得他

的办法不错，就带着他来到教士的屋外。大拇指爬进了教士房间，故意大声叫喊道："喂，这里所有的东西都要拿出来吗？"小偷们慌忙说："你说话轻一点，吵醒了人可就糟了。"大拇指装着不懂他们的话，更加高声叫道："我问你们是不是这儿所有的东西都要？"这时，睡在隔壁房间的女仆惊醒了，就坐起身来仔细听。那两个小偷吓得拔腿就溜，跑了一段路，想想不甘心，又折回头，见并没什么动静，就悄悄对大拇指说："别开玩笑了，小家伙，快把东西老老实实递给我们。"大拇指扯开嗓子喊道："我这就把东西递给你们，你们快准备接着。"正留神谛听的女仆听见了这句话，立刻跳下床来，跌跌撞撞地冲出了房门。两小偷见状赶忙逃走，就好像有魔鬼在后面追赶似的，跑得飞快。女仆因为看不见，就去点了一盏灯。等她拿着灯四处察看时，大拇指早已趁机逃到谷仓。女仆角角落落都找过了，也没发现什么，以为是自己做了场梦，就又上床放心睡了。

　　大拇指逃到谷仓，爬到稻草堆里，准备美美睡上一觉，天亮了再回家。他太累了，很快就睡着了。第二天天刚亮，女仆就起床了。她第一件事就是到谷仓抱点稻草喂牛。可是，真糟糕，她抱的恰巧是大拇指在里面睡觉的那把稻草。大拇指睡得太沉，还一点不知道，直到母牛把他连稻草一块儿吞进了嘴里他才醒来。他马上发现了自己的危险处境，在母牛嘴里滚来滚去，躲避着母牛那两扇磨似的牙齿。后来他终于和稻草一起滑到了牛胃里。他说："这小房间怎么忘了开窗户，太阳照不进来，黑洞洞的，我也没有带灯来，真糟糕！"可是，更糟糕的是稻草不断落下来，越堆越多，快要把他埋起来了。他急得拼命大叫："别再送草来啦，别再送草来啦！"女仆正在挤牛奶，听到了他的叫喊声，可又看不见人，吓得从小椅上跌下来，牛奶也泼翻了。她慌慌张张跑到主人那儿，叫道："我的上帝啊，教士先生，母牛说起话来了。"教士说："你疯了吗？母牛怎么会说话！"说着就亲自跑到牛栏里去瞧瞧。他刚走进牛栏，大拇指又叫道："别再送草来啦，别再送草来啦！"教士一听也吓坏了，心想一定是魔鬼附在母牛身上，就叫人把母牛杀了。

牛杀死了，藏着大拇指的牛胃被扔到了垃圾堆里。大拇指使劲在稻草里拱着，好不容易才爬到口头，他刚要伸出头来，谁知又遇到了新的灾难：一只正在觅食的狼跑了过来，将整个牛胃一口吞下。大拇指并没有泄气，他想："也许我可以让狼帮助我回到家里。"他就对狼喊道："哎，亲爱的狼，我告诉你什么地方有好吃的。"狼说："我肚子正饿着呢，快告诉我在哪儿！""就在一个村子的一间屋里，里面堆满了大饼、猪油和香肠，你可以从厨房的阴沟爬进去，尽情吃个够。"大拇指就把他父亲的房子所在的位置仔细讲给狼听。狼按照他的描绘，果真找到了那间房子，从阴沟洞里爬进了储藏室，大吃特吃了起来。他吃得肚子胀鼓鼓的，想出去，但再也钻不进洞里了。大拇指见狼果真像自己预料的那样出不去了，就在狼肚里大声吵闹起来。狼说："你安静一点吧，把主人吵醒就糟啦！"大拇指说："怎么，你吃饱了，还不让我也高兴高兴吗？"说完，又拼命大叫，终于将他父母吵醒了。

他们跑到储藏室外，从门缝里往里瞧，看见一只狼在里面乱转，两个急忙跑回去，父亲拿把斧头，母亲拿了把镰刀。跨进储藏室时父亲对母亲说："你跟在我身后，如果我一斧头没将狼砍死，你就赶紧上来给它一镰刀，把它肚子砍破。"大拇指在狼肚里听到了父亲的声音，高叫道："爸爸，爸爸，我在这儿，藏在狼的肚子里。"父亲高兴极了，说："感谢上帝，我们亲爱的孩子回来了。"他叫妻子别用镰刀砍了，免得伤了大拇指。然后，他举起斧头，对准狼头狠狠一劈，狼倒在地上死了。

一家三口抱作一团，沉浸在相见的欢乐中。他们找来刀和剪子，把狼肚子剖开，把儿子拖了出来。父亲欣慰地捧起儿子，说："啊，多少天来，我们一直为你担心啊。""是的，爸爸，我在世界上到处流浪，遇到许多危险，感谢上帝，现在我又呼吸到新鲜空气了。""你到底到过哪些地方？"大拇指就将自己的历险经过讲了一遍。父母亲听了说："现在就是把全世界所有的财宝都拿来，我们也不换，我们要永远在一起。"他们给大拇指拿来吃的、喝的，还叫人给他做新衣服，因为他穿的衣服由于在外漂泊已变得破烂不堪了。

大拇指终于回到父母怀抱，幸福地生活着。